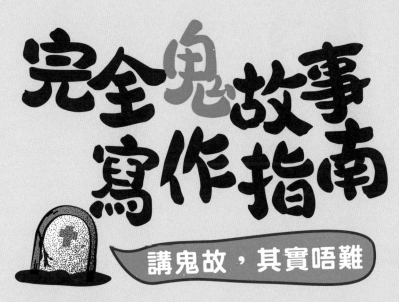

完全鬼故事寫作指南

講鬼故，其實唔難

潘啟聰 著

非凡出版

前言：
本書的閱讀和使用方法

　　各位讀者，大家好！很高興你們對這本古怪的書有興趣，願意拿在手裏翻開看看。在各位仍未開始閱讀這本書之前，筆者希望透過〈前言〉跟大家講解一下本書、本書之寫作目的以及閱讀和使用方法。

　　其實，《香港都市傳說全攻略》和《鬼王廚房——舌尖上的地獄飲食文化》同時也是筆者的作品。《攻略》和《廚房》兩本書，施博（兩本書的另一位作者施志明）和筆者是抱着將文史哲的知識普及化的心態去寫。因而，這兩本書選了一些大眾有興趣的題材加以撰寫，深入淺出地講都市傳説、講鬼故事。我們在書封面還故意標明這是「100% 非純學術」的書。可是，由於設計上故意惡搞以吸引讀者購買，「非」字的字體特別細……細得沒有人察覺……不少網上的介紹就出現一百八十度的轉變……我們的書變成「100% 純學術」了……（不信你去買一本看看有沒有「非」字，並 Google 一下網上的介紹。）

　　不過，今次這本書的定位有些不一樣。雖然仍是以鬼鬼怪怪為主題，可是希望大家當它是一本「100% 純學術」的書。坊間有很多教人寫作的書籍。在書局裏走一走，在網上搜一搜，《公文寫作指南》、《寫好描寫文》、《抒情文批改範例 38 篇》，就連《學術論文寫作指引》都有。可是，市面上就是沒有一本專門教人寫鬼故事的書。本書就是一本非常認真，且具學術研究基礎的

鬼故事寫作教學指南。

　　為甚麼您要看這本書？筆者給您兩個原因。第一，想嚇人，卻欠現貨。如果您是一名已成為「老鬼」的大學生，要準備大學迎新營，試問怎能缺少鬼故事呢？可是，望着新簇簇的教學大樓，哪裏找個鬼故事來嚇新生？第二，想做一個賺錢作家。據筆者的編輯朋友告知，鬼故事長期是暢銷書籍類別之一。以網絡小説《鬼吹燈》為例，雖則它的主要內容為盜墓尋寶，可是當中不乏恐怖靈異的內容。小説在網路流通後，不到一年便已取得了超過八百萬次的累計點擊率。破網成書後，系列銷量在二〇〇八年已達五十萬冊[1]。時至今日，更衍生了改編漫畫、手機遊戲、電影以至電視劇呢！

　　這本書真的有用嗎？讀者們可能會懷疑：你説此書具有學術研究基礎，鬼故事也可以做學術研究嗎？答案是肯定的。筆者的確沒有騙各位。筆者曾於二〇一六年為香港浸會大學文學院以「關你鬼事？」作主題的學術周擔任嘉賓，於二〇一七年在恒生管理學院（現為香港恒生大學）以「口耳相傳的恐怖———鬼故事的格式塔心理學分析」為題作學術講座，在第二屆中華文化人文發展國際學術研討會中以〈恐懼在生活中蔓延———鬼故事的讀者心理研究〉為題發表論文，二〇一九年在《高雄師大學報：人文與藝術類》發表了〈恐懼蔓延———香港鬼故事的格式塔心理學分析〉一文。因此，此書的內容絕對可靠，各位讀者們可以放心閱讀。

　　鬼故事的寫作也有範式可跟？當然有！以下筆者講兩個故事，由讀者們去比較你的閱讀反應如何：

故事一

　　晚上，因學期尾趕功課的緣故，你獨個兒留在學校裏趕進度。你感到內急欲上廁所，可是你知道位置最近的廁所曾傳出鬧鬼的傳聞。由於時間的關係，你亦只好硬着頭皮到那兒去。當你在廁格內的時候，忽然聽到外頭有高跟鞋發出的「咯咯」聲。起初，你還不以為然，以為是哪位老師走過。可是，你想起現在已是晚上了，辦公時間已過了很久。腳步聲不只越走越近，更猶如停在你那一格的門前。你不由自主地感到心中一寒。你禁不住好奇，從門下的隙縫望出去。你看見一雙紅色的高跟鞋在你廁格的正前方。你雖感到萬分驚惶，但又不願困在廁格內乾等，便鼓起勇氣推門出去。出去以後卻發現門後卻甚麼都沒有。當你急步行去洗手盆時，赫然見到一名穿紅色小鳳仙裝的長髮女士。那時候，你心裏只有一件事：想儘快洗好手，離開廁所。然而，你見到那女士竟慢慢地把頭摘下來，在鏡子前仔細地梳理自己的長髮。就在這一刹那間，她突然跟你來個四目交投，用凶狠的眼神瞪着你。你嚇得倒了下來。失去意識前，你看見一雙紅色的高跟鞋向你步近，聽到一把幽幽的女聲問：「你很怕我嗎？」……

故 事 二

晚上，因學期尾趕功課的原故，你獨個兒留在學校裏趕進度。你感到內急欲上廁所，可是你知道位置最近的廁所曾傳出鬧鬼的傳聞。由於時間的關係，你亦只好硬着頭皮到那兒去。當你在廁格內的時候，忽然你聽到外頭有球鞋發出的「唧唧」聲。起初，你還不以為然，以為是哪位老師走過。可是，你想起現在已是晚上了，辦公時間已過了很久。腳步聲不只越走越近，更猶如停在你那一格的門前。你不由自主地感到心中一寒。你禁不住好奇，從門下的隙縫望出去。你看見一雙白色的球鞋在你廁格的正前方。你雖感到萬分驚惶，但又不願困在廁格內乾等，便鼓起勇氣推門出去。出去以後卻發現門後卻甚麼都沒有。當你急步行去洗手盆時，赫然見到一名穿 Hip Hop 裝的短髮女士。那時候，你心裏只有一件事：想儘快洗好手，離開廁所。然而，你見到那女士竟慢慢地把頭摘下來，在鏡子前仔細地 Gel 自己的短髮。就在這一刹那間，她突然跟你來個四目交投，用溫柔的眼神望着你。你嚇得倒了下來。失去意識前，你看見一雙白色的球鞋向你步近，聽到一把充滿歉意的女聲問：「你很怕我嗎？」……

大概，各位讀者會覺得第一個鬼故事比第二個來得可怕一些。甚至，有讀者會覺得第二個故事壓根兒跟恐怖二字扯不上關係。

那是為甚麼呢？第二個故事其實跟第一個沒有太大分別，只有很少的轉變。例如鬼的衣著、所穿的鞋、頭髮長短、說話語氣等。由此可見，放怎樣的元素進一個鬼故事的敘事裏，才能夠產生恐懼的感覺，絕對是可以研究並且整理成為有效的知識。因此，筆者在期盼着……若有朝一日，鬼故事能成為大學語文科以至中小學作文課的題材，拙作可以列入教科書之列……

最後，筆者不只是以學者的身份撰寫此書。同時作為一個恐怖故事狂熱者，筆者衷心地希望將近年的研究所得，跟一眾熱愛恐怖故事的同道中人作出分享。

潘啟聰

2020 年 7 月 1 日

註釋：

1. 舒威鈴：〈「驚悚懸疑」背後的現代心理追求──探析網絡小說《鬼吹燈》的內在意蘊〉，《現代語文‧中國現當代文學研究》第 4 期（2008 年 4 月），頁 59。

目錄

Chapter 3：長篇恐怖小說寫作法

Chapter 1

鬼故在講甚麼

鬼故事吸引的地方：
看看美國恐怖哲學家在講甚麼

你沒有撞過鬼！你怎知道……

教學相長是真的。因此，筆者蠻喜歡自己的工作。有時候，透過師生間的互動，自己也會從中獲益。曾經有一次，當學生知道筆者著有關於都市傳說和鬼故事的研究後，於是他在小休的時候來問了我一個問題：「阿 Sir！你一定有撞過鬼啦！不然的話，怎麼會寫得出那些論著？」我反過來問他：「如果我不是研究鬼故事，而是研究科學幻想（Science Fiction）故事，你會問我見過外星人嗎？如果我研究的是《科學怪人》（*Frankenstein*），你會問我見過這具由屍塊拼湊而成的怪物嗎？」他想了一會之後，才發現他提出的問題確實古怪。

鬼故事是甚麼呢？鬼故事應該是甚麼呢？是否需要作家每每註明「本故事純屬紀實，如有雷同實屬當然」，這樣才算是鬼故事呢？又或者說，撞鬼是作家寫出好的鬼故事之必要條件嗎？當然不是！鬼故事的寫作同樣是故事寫作。作家要多寫多閱讀，要訓練好自己的撰文技巧，要多花心思設計故事佈局，要用心思考故事的起承轉合才可以。有一次撞鬼經驗，不直接等於有一個好的鬼故事在手。

講撞鬼 ≠ 鬼故事

二〇一八年，筆者正在與同事們撰寫《大隧同源：大老山隧道與瀝源發展歷程》一書，同一時間與友人亦正在準備《香港都市傳說全攻略》一書。在那段時間，筆者真的是見人就問：「你

有沒有撞過鬼？分享下啦！」有一次，跟隧道職員進行訪談時，忍不住又問了他這個問題。誰知竟然有收穫！不過，那次很快就轉驚喜為失望。隧道職員的故事是這樣的……

某日，隧道內於日間發生了交通意外。雖然隧道公司在意外後立即進行了清理，可是職員通常會在晚間汽車流量很少時，再到現場仔細檢查一番，以確保安全。當時，職員甲在隧道邊的路壆上見到有一人坐着。職員甲心想：「難道是有醉酒漢闖入隧道？」他便向同行的同事示意有人闖入隧道，意圖一起勸喻他離開。然而，職員甲回頭一看，那人就不見蹤影了。職員甲細想：「這不對！這可是全港最長的穿山隧道啊！人怎麼可以瞬間就消失了？」職員甲最後向其他同事多番確認，當晚沒有行人出入隧道，他才確認自己遇上了靈異事件。

其實，在筆者這段見人就問「你有沒有撞過鬼？」的日子中，發現撞了鬼也不一定是寫出好的鬼故事之原因。或者，換個方式說，在很多筆者訪問回來的「撞鬼經歷」中，多數是一種「疑似見鬼→再看清楚→鬼影都無」的經驗。先不談論其「撞鬼」屬真屬假，如果你將這經歷如實告知他人，這絕對不是一個有吸引力的鬼故事。當中沒有氣氛的營造，沒有層層揭秘的壓迫感，沒有敘事的起承轉合，試問又如何吸引讀者呢？所以說，講撞鬼≠鬼故事。

那麼，到底撰寫一個鬼故事要怎樣佈局、要如何營造氣氛、要怎樣才能在讀者心中產生恐懼的感覺等問題？這本書將會一一為你解答。

恐怖的迷思

受美國哲學家諾埃爾・卡羅爾（Noël Carroll，1947-）的啟發，每一次向人解說鬼故事吸引人的地方，筆者都喜歡用這個方法說明。請各位讀者試想像一下以下所描述的情景：

在一個陰晴不定的星期天下午，你鬱悶地閒在家中。手上的書本你都看完了，不停地按遙控轉台也找不到令你感興趣的電視節目。於是在百無聊賴的情況下，你決定打開了垃圾桶嗅一嗅。打開垃圾桶後，魚腸肉碎的腥臭味道、廚餘發酵了一晚的霉味直攻口鼻，令你頓時感噁心厭惡。心中的悶氣立即消失得無影無蹤，心情亦變得舒暢多了。

「瘋了！瘋了！作者一定是瘋了！」你一定是這樣想吧?!放心！漫長的地獄黑仔王生活令此書作者擁有超凡的抗逆能力[1]。筆者希望以此例指出一眾恐怖故事的獨特性。放心吧！我並未瘋掉，這個例子只是想突出恐怖感的特別之處。

提到情緒，我們會將喜樂、愉快、放鬆等視為正面的情緒，而將驚懼、忿怒、焦慮等視為負面情緒。一般來說，我們會追求正面的情緒，而儘量對負面情緒避之則吉。你不會因為百無聊賴而故意激怒自己，排解苦悶。你不會因為心緒不寧而故意噁心自己，紓緩鬱結。可是，我們是會故意地、一而再地引起自己驚恐的情緒，以解苦悶。我們會付費入鬼屋，我們會去戲院欣賞恐怖電影、我們會花錢買鬼故事閱讀。總而言之，從我們的娛樂文化

中可見，引起驚嚇和恐怖感的活動是其中一種常見的娛樂手法。以恐怖故事為主題的書籍、電影、遊戲等更是在市場上穩佔高銷量的席位。

到底鬼故事有甚麼吸引人的地方呢？哲學家卡羅爾曾對於此問題提出了一個簡單易明的說法：恐怖的迷思（Paradox of Horror）。何謂「恐怖的迷思」呢？為方便解答，請先回答筆者一個問題。假設你和筆者一樣，非常熱愛聽鬼故事，近日聞說有人意欲組一隊敢死隊，一起參與惡靈召喚儀式。召喚的成功率是100%，但同時間參與儀式人士的死亡率亦高達 80%。筆者想問一條很簡單的問題：「你願意參加嗎？」

相信，除了盼望早日輪迴的朋友外，應該沒有誰會想參加。這答案背後的理由非常簡單——危險嘛！然而，若仔細想想我們平日閱讀恐怖故事、觀看恐怖電影，以及在恐怖遊戲裏遊歷時，我們身處的現實場景，是一個怎樣的環境？

對呀！一般情況下，閱讀恐怖故事、觀看恐怖電影以及在恐怖遊戲裏遊歷時，我們都是在圖書館、戲院甚至是家中。不論螢幕上的畫面有多恐怖，不論書本上的情節有多危險，這實際上對你的人身安全絕無影響。你仍是屁股安坐在梳化上，右手插在爆谷筒裏，左手拿着飲品的「梳化薯仔」（Couch Potato）。戲裏的喪屍追着男主角，可是你卻知道喪屍怎麼樣都不能啃你一口。書裏的吸血鬼盯上了女主角，然而你心知肚明伯爵絕對無法吸你半滴血（蚊子都比他危險！）。一切的反應都只是你的腦袋跟作品在互動，因而產生了想像和情緒反應。

置身安全的環境觀看恐怖嚇人的故事，這就是「恐怖的迷思」

的部分意思。為甚麼說是部分意思呢？因為仍有一個問題要處理，這才能夠說明鬼故事真正吸引人的地方：何以我們明知故事是假的，我們還會被故事情節牽動感受呢？有關這問題的答案，不同的學者有不同的說法。

宇宙性恐懼

學者洛夫克拉夫特（Howard Phillips Lovecraft，1890-1937）以「宇宙性恐懼」去描述這種感覺：「指由恐懼、道德上的厭惡感及驚奇感覺混合而成，叫人興奮的混合物。」[2] 為甚麼這種感覺會讓人感到吸引呢？洛夫克拉夫特認為人類與生俱來就對世界的未知之事存在驚愕感，甚至是一種接近宗教的敬畏感。然而，現今的人們都受唯物主義文化所影響，否定了人們對世界的一些本能性直覺。恐怖故事吸引之處，正正在於故事能夠喚發人對超自然之事物的恐懼感，與本來植根於我們內心的本能性直覺呼應。

引發刺激感

讀者們也許覺得洛夫克拉夫特之說匪夷所思，一會兒又「宇宙性恐懼」，一會兒又「宗教的敬畏感」，實在有點不明所以。講到底，洛夫克拉夫特已是近百年前的人了。有另一種比較新的說法，它比較清楚地指出讀者的心理。請容筆者再問讀者兩個問題吧！你覺得你的人生精彩嗎？你覺得你每日的生活異常刺激嗎？

請讓筆者猜一猜吧？我猜不少的讀者都是在辦公室當文職的朋友。每天過着早上九時開工，晚上六時放工的生活。在辦公室

裏，不是處理客戶的文件和計劃書，就是撰寫呈交上級的報告。
月頭講目標，月尾趕業績。放工後，體力都同樣是收工狀態。只
想回到家中，洗個熱水澡，吃一餐不用趕在一小時內吃完的晚飯。
在睡前僅餘的不到二至三小時的時光裏，做一些自己喜愛的事，
之後就要上床為明天的工作儲備精力了。只有周末有比較多的休
息時間，以及偶爾隔三個月或半年左右外遊散心。

　　一日復一日，大概一直就是過着這些日子吧？一般人的生活
都不會今日跳傘，明日馴獸，明日之後到荒島歷險吧？尤其是現
代社會，人們的工作都是高度的專門化，大部分人的生活或者就
像卓別靈在《摩登時代》（*Modern Times*）的角色，是一系列工
序中的其中一個齒輪，令人感到平淡、感到沉悶……（筆者年輕
的時候，就試過長達兩個月不是碎紙就是影印的實習工作呢！那
些日子幾乎悶得人都要發霉了。）

　　恐怖故事能夠引人入勝的可能原因，就是來自故事引發的刺
激感覺。與其他文學作品比較，恐怖故事所能引發的閱讀反應不
一樣。恐怖故事當中，一定可以見到引發恐怖感的角色，或是怨
靈，或是吸血鬼，或是科學怪人等等。

　　與一般人比較，它們可謂具有壓倒性的力量，是極為可怕的
存在。藉由受害角色的遭遇，讀者可以見到它們有多麼的可怕，
並感到恐懼感衝擊。當故事的情節越是吸引，恐怖的角色越是可
怕，故事所能夠帶來的恐懼感越大。龐大的恐懼感覺令讀者暫時
進入一種麻木狀態，猶如從日常生活的常態中跳出來[3]。按照這種
解釋，我們大致上可以理解到，為甚麼有些人一方面會被故事嚇
倒，而另一方面卻每每追求更恐怖的故事了。因為這種驚悚的感
覺，能夠緩解現實生活過分平淡的感覺。

仰慕魔鬼的心理

另一種有關恐怖故事為何吸引的說法，是被稱之為「仰慕魔鬼」的心理。近年在看吸血鬼電影時，不知道讀者有沒有這感覺？吸血鬼根本就是另一種超人！相貌和外型上還要越發地俊俏。筆者不禁要讚一讚現代吸血鬼小說的作者，他們真懂利用「仰慕魔鬼」的心理呢！

其實，讀者們有所不知，在一九二〇年代的時候，吸血鬼是一隻光頭妖怪，牠有頗多弱點。怕光、怕銀器、怕聖水、怕大蒜、怕聖經……就好像一九二二年電影《不死殭屍——恐慄交響曲》（Nosferatu, eine Symphonie des Grauens）中的吸血鬼。

到了一九三一年的電影《德古拉》（Dracula），德古拉伯爵雖未至於能被稱之為俊朗不凡，但是無論是談吐舉止以及衣着打扮，都一派貴族的典雅風範。

到九十年代吸血殭屍更可謂一點「屍」味都沒有。一九九二年電影《吸血殭屍：驚情四百年》（Bram Stoker's Dracula）中，長長的曲髮、蓄了乾淨的鬍子、戴了深藍墨鏡、穿起灰色禮服……德古拉徹徹底底地化身為中年型男。

最後，讓我們再看看在二〇〇八年上映的《吸血新世紀》（Twilight）。電影中的吸血殭屍擁有讀心能力、超乎常人的速度、足以單手擋住貨車的力量、陽光不會傷害到他們……角色設定方面，它們有英俊的面孔、強壯的身軀、高貴的格調、不老不死的生命……它們能跟「屍」（吸血鬼又叫吸血殭屍）字扯得上關係嗎？

因此才說，現代吸血鬼小說的作者真懂得利用「仰慕魔鬼」

的心理呢！這些吸血鬼富有魅力，它們擁有的能力是很多人類夢寐以求的。不要說別人，就是筆者都對這些超凡角色非常仰慕，所以筆者不止一次公開地講：各位讀者，如果有一天，你遇上了一隻吸血鬼，請聯絡我。我想被他咬一口。

實現願望的心理

最後，還有一種理論想跟大家介紹。瓊斯（Alfred Ernest Jones，1879-1958）在《有關惡夢》（*On the Nightmare*）中指出，可以運用「實現願望」（Wish-fulfillment）的心理，來解釋喜歡閱讀恐怖故事之動機。根據精神分析學的理論，人生而有慾望，當中有不少慾望都「為世所不容」，與社會規範有衝突。跟社會規範不符的慾望很多時會被壓抑下去，造成心理上的緊張狀態。

恐怖故事給了讀者很好的偽裝，令慾望不被審查，亦自然不需要被壓抑。瓊斯以吸血鬼的故事為例，指吸血鬼首個襲擊對象多半是自身的親人。吸血鬼吸親人的血其實代表了性的誘惑，反映了亂倫的慾望。這跟讀者潛意識中被壓抑的慾望呼應。可是，由於故事引起了恐怖的感覺，讀者的內在自我審查機制不會認為他們正處於享受之中，因而不會責怪自己出現這些慾望[4]。

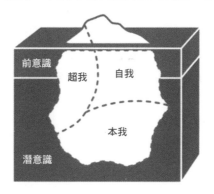

淺白一點去講，我們每個人都有一些難於啟齒的慾望。由於這些慾望與教育和社會化有衝突的原故，我們連承認自己有這些慾望都沒有膽量，更遑論去滿足它們。

精神分析學認為恐怖故事引人入勝的地方，是讀者可以藉由恐怖角色去達至「實現願望」，例如暴力的行為由怨靈去做、性的慾望由吸血鬼實行。作品引起的恐怖情緒麻痺了我們內在的自我審查機制，令我們在不受自我責備的情況下，好好享受一下願望被實現的快感。

心理學小知識

根據精神分析學的始祖佛洛伊德所指出，人經常會生出一些自己都無法面對的可怕想法。光是知道自己產生了這些想法，已教人感到萬分焦慮。因此，自我會運用防禦機制將它們控制在意識之外，試圖減少或避免焦慮。

文中提及的「壓抑」就是其中的一種防禦機制。壓抑是一種積極的努力，把威脅著個體的東西排除在意識之外。根據精神分析學的理論，在眾多的防禦機制當中，只有「升華」是唯一成功的機制。升華就是個體能把可怕的衝動和慾望，轉化為社會能接受的行為，以此渠道疏導內心的慾望。升華用得越多，在社會的角度，我們的生產力越強。例如以成為拳擊手，疏導內心對暴力的慾望。

小結

　　之前提及過的哲學家卡羅爾對鬼故事何以能夠吸引人，其實他有不同的看法。不過，他的說法讓我們留待第三章再講。他對較長篇的恐怖故事寫作手法可謂真知灼見。因此，筆者會在後面的章節再次提及卡羅爾。

　　本節就鬼故事吸引的地方跟各位讀者進行了簡單的介紹。作為本書的第一節，希望各位讀者對於「自己要撰寫的作品為甚麼可以吸引人？」這問題有初步的了解。

小練習

鬼故最吸引的地方

　　學習寫作前，先了解一下自己。有意學習如何寫作鬼故事的你，想必自己也是一個熱衷閱讀鬼故事的讀者。

　　到底鬼故事有甚麼地方能夠吸引你呢？是基於刺激感？還是因為恐怖角色太有型了？又或者是恐怖角色正在做着你敢想不敢做的事？

　　也許，透過了解自己的感受，將來你能夠寫下自己十分喜歡的作品，更能吸引一群跟你有相同原因而喜歡鬼故事的讀者呢！

問 你認為鬼故事最能吸引你的地方是甚麼？

我認為鬼故事最能吸引我的地方是＿＿＿＿＿＿＿＿＿＿

＿＿＿＿＿＿＿＿＿＿＿＿＿＿＿＿＿＿＿＿＿＿＿＿＿

＿＿＿＿＿＿＿＿＿＿＿＿＿＿＿＿＿＿＿＿＿＿＿＿＿

＿＿＿＿＿＿＿＿＿＿＿＿＿＿＿＿＿＿＿＿＿＿＿＿＿

＿＿＿＿＿＿＿＿＿＿＿＿＿＿＿＿＿＿＿＿＿＿＿＿＿

＿＿＿＿＿＿＿＿＿＿＿＿＿＿＿＿＿＿＿＿＿＿＿＿＿

＿＿＿＿＿＿＿＿＿＿＿＿＿＿＿＿＿＿＿＿＿＿＿＿＿

註釋：

1. 詳見：施志明、潘啟聰：《香港都市傳說全攻略》（香港：中華書局，2019 年），頁 223-224。

2. 詳見：Carroll, Noël. *The Philosophy of Horror*, (Great Britain: Routledge, 1990), p.162.

3. 同前註，頁 166-167。

4. 同前註，頁 168-178。

寫作目的大不同：
看看中國古今鬼故的變化

各位讀者，也許你曾被不少鬼故事嚇唬過，可是不要以為鬼故事就只有嚇人這個本事。如果你一直都有這印象，那麼你太小看鬼故事了。筆者希望藉這節向各位展示一下鬼故事之多樣性。

鬼故事的文化源遠流長，不是單單一個「嚇」字可以盡述。在大家學習寫作鬼故事之前，先以一些中國傳統鬼故事及香港的都市傳說為例，讓大家了解多點鬼故事的發展歷史和背景吧！

有些具教育意義

不如先讓大家聽聽一個鬼故事，看看你們有怎樣的感受。

〜〜〜〜〜〜〜〜〜〜〜〜〜〜〜〜〜〜〜〜〜〜〜〜

壯草先生有日路過某地，見到一具骷髏。他用手中馬鞭敲打骷髏，問：「你是怎死的？你是行為有違常理而死，還是戰亂亡國而死？你是羞愧自盡而死，還是飢寒交迫而死？又抑或，你是享盡天年而死呢？」

說着說着，壯草先生竟抱着骷髏當枕頭，徐徐入睡。到了夜半時分，壯草先生夢見骷髏對他說：「你的談吐怎樣聽起來像個好辯之人。你之前所說的，都是活人的負累，死人沒有這些憂慮。你想聽聽人死後的情況嗎？」壯草先生說：「當然好！」

骷髏說：「人死了，上無君主，下無臣子，無四季冷熱之別，從容自得又與天地共長久。就是為君之樂也無可比擬！」壯草先生不相信：「若我讓掌管生命之神，恢復你的

形體，重塑你的骨肉肌膚，並將你送回你的父母妻兒鄉里友人當中，你願意嗎？」

聽罷，骷髏露出愁苦之貌，說：「我怎能放棄猶勝為君之快樂而回到人世間之勞苦裏去呢？」

各位讀者，在讀畢這故事之後，有哪位朋友感到了害怕呢？與其說這故事試圖在嚇唬你，倒不如說這是一個意圖說教的故事。故事作者似是在批判一般人悅生惡死的思維和情緒，彷彿對死後世界有很深的認識一樣。作者想指出一般人對生存感到喜悅，對死亡感到厭惡是沒有理由的。人在實質上是沒有能力比較兩者的，因為大家根本都不了解後者。

這個故事可不是筆者臨時胡亂杜撰的作品。它是來自《莊子·至樂》篇的鬼故事。只是為了不讓大家過早猜到出處，筆者把「莊」改為「壯艸」（「艸」即是「草」）、「子」為「先生」，而稱為「壯草先生」。由此可見，鬼故事不一定是一味只以嚇人為寫作目的。時至今日，我們仍可以找到以鬼故事作「教學用途」的例子。

香港中文大學人類學系副教授林舟（Joseph Bosco，1957-）曾撰寫一份名為〈香港年輕人的鬼故事〉（英文原名為 Young People's Ghost Stories in Hong Kong）[1] 的論文。當中收集並分析了五個香港中文大學流傳的鬼故事。下文就以其中一個故事及其分析為例子。

故事名為牛尾湯，發生在香港中文大學聯合書院的伯利衡宿舍。當時，有一對熱戀中的學生被分派入住伯利衡宿舍，而剛好女生被編排的房間是男友房間的正上方。因地理位置之便，女生經常都會煲牛尾湯給男友喝。女生煲好湯之後，會用繩子把湯壺吊下去。某日，因考試臨近之故，二人商量好考試期間暫不見面，但女生仍然會繼續為男友煲湯。其後，男生赫然發現女友日前已死於急病。可是，數算着日期，男生在女友死後依然收到牛尾湯。那麼，在那些日子，到底是誰在煲牛尾湯並吊下來給他呢？

根據林舟的分析，這故事饒有深意。由故事字面意思來看，我們見到的是一對其實蠻乖巧的年輕戀人。男生以學業優先，不耽於戀愛；女生甚愛男生，對戀人的關心更跨越生死。然而，按林舟的分析，故事有更深一層的意思。

湯，其實有性的暗示。粵語謂「去飲湯」有去見情婦之意思。加上故事中的湯是牛尾湯，牛尾更有男性生殖器之喻意。所以說，故事暗示那對年輕戀人有性關係。還有，故事的戀人商量好考試期間暫不見面，亦意指戀情與學業、學生身份、求學責任等有衝突。最後，故事以女生的死亡作結，亦可謂反映出婚前性行為有乖倫理標準，因而不得善終。由此看來，這〈牛尾湯〉的故事，內含了社會的價值標準，試圖向讀者傳遞「大學生不應談戀愛（其實更是不應有婚前性行為）」的訊息。

讀者覺得不公平吧？為甚麼死的是女生不是男生？其實按林舟的資料搜集，這故事有不同的版本。筆者在網路上找回來的其中一個版本裏，結局是：

有一晚，男生在窗外再次見到久違了的湯壺。他在好奇心驅使之下，把湯壺接了過來。打開後，發現壺內竟然是死去女友的頭顱！男生當場就被嚇暈了……

再講一個鬼故事給各位讀者看看吧！住在港島筲箕灣的朋友可能會聽過，此故事亦曾載於拙作《香港都市傳說全攻略》之內：

有一日，某姓母子兩人，乘一艇由外地偶然抵到此地，於是以此為家。

入夜後，兒子百無聊賴，於是上岸逛遊，沿途目睹男男女女、成雙成對，談情說愛，心裏更是嚮往。孤單走着，忽然在月下，遇上一位妙齡少女，獨自徘徊，跟她搭訕。本以為她是等人赴會的，但怎料她身邊遲遲未有人來，而且女生對他更回眸一笑，便知道可以兜搭。

於是兩人繼而在島上遊走，女生帶男生四處走，所到之處都是景物全新，男的之前全未見過。後來，走到一所樓臺，女的就把男的帶進去。樓臺之內，燈燭輝煌，更有僮僕招待。走進客廳，又見美女如雲，載歌載舞，一眾美女見二人進內，更笑言恭賀兩位新人。席後，更起哄要二人入內洞房。

如是者，男的享受了一夜春宵，然後睡去。突然，男的發覺四周嘈雜，一張開眼，便看到自己被母親與眾多人正圍觀着，自己身體就動彈不得。原來男的已被埋在一堆石下，僅餘頭部露出地面。

按施志明博士的分析，這都市傳說同樣具有教育的意味在當中。查筲箕灣的歷史背景，隨着電車網絡逐漸發達，伸延至筲箕灣，筲箕灣成為了新興發展地區，區內逐漸出現了不少色情場所。這個都市傳說就是在此種背景之下產生。很明顯，故事中的恐怖角色暗指妓女，人們藉由傳說來約束子女，警惕子女不要墮入色情陷阱[2]。

有些出自好奇心

曾有學者認為，中國志怪小說之所以在魏晉南北朝時期大量產生，原因是「和當時宗教迷信思想的盛行密切相關」。筆者仔細地琢磨這番評價，對於以「迷信」二字評價當時的人還是有點猶疑。總覺得說他們受當時的宗教觀、世界觀影響是可以的，批評他們「迷信」好像有點不公允。

每一個時代都受限於當時的知識水平。例如，我們今日明明已經儘量以自己的科學知識去了解世界，誰知五十年後科技再一次發生革命性突破，然後一百年後的人撰寫歷史時，批評我們這一代的人迷信，這又是否公允呢？因之，筆者更同意另一種的說法。有從事宗教文化與中國古代文學研究的學者指出，中國古代的鬼故事寫作反映出古人對死亡的思考和死後存在狀態的認識。以往對於鬼的書寫，或許在今人眼中確實視為一種落後和迷信，可是的確反映了古人的鬼魂觀念，甚至可稱之為一種鬼文化[3]。

簡單而言，有關「這個世界到底有沒有鬼？」的問題，縱然人類科學技術發展至今，亦未有確實科學根據提出 "YES" 或 "NO" 的結論；現今仍有人願意相信有鬼，更何況是古代呢？在不少人的心目中，鬼始終是人終究的狀態，黃泉幽都始終是人終

究會到達的最後歸宿。很多人都對死後之事十分好奇。作家們對於鬼和死後世界的書寫，無疑是反映出時人對死後世界的「認識」（更準確地說，是「想像」）。如果忽略這一點而以為古人寫作一定是文以載道，一定是想藉由文字教會讀者甚麼，那麼有些鬼故事是你怎努力都想不出它們的教育意義是甚麼。

再跟各位讀者講一個鬼故事吧！

晉代有一讀書人，名叫阮瞻，為「竹林七賢」阮咸之子。其個性雖清虛寡欲，言辭亦不是十分犀利，遇到事理不明時卻勇於辯論。阮瞻一直相信世上無鬼之說。一日，有鬼來他家中作客。談話間，二人談起學理來。客人在談吐間顯露出他甚有才情。唯去到最後，談及鬼神的議題時，二人爭持不下，發生激烈的爭辯。結果，客人無法說服阮瞻，氣憤地說：「古今聖賢都承認有鬼神，為甚麼你就偏偏說沒有呢？」說着，更在阮瞻面前現出鬼的相貌，隨即憑空消失。阮瞻默然，氣色變得十分差，於事件一年多後就病死了。

此故事出自東晉干寶的《搜神記》第十六卷。筆者怎麼想，也想不出這個故事的教育意義……不要開門讓別人走進家中辯論？不要和鬼吵架？古今聖賢都承認的東西我都要承認？有空要看看恐怖片，膽小危害健康？這不就是跟讀者說世上（可能）有鬼的故事吧?!

再跟讀者們多講一個類似的故事吧！在南朝宋劉敬叔的《異苑》中，載有一個鬼故事如下：

魏郡的張承吉有子叫元慶，年約十二歲。在元嘉年間，元慶見到一隻鬼。那鬼高三尺，背部有鱗甲，只有一腿而腳是鳥爪。當這鬼來找元慶時，元慶就變得精神恍惚，如發狂般到處亂走。父母因此而責打他，卻忽聞空中有一把聲音説：「是我使得元慶這樣，請不要責罰他！」

張承吉有兩卷《羊中敬書》，忽然不見了。後來，那鬼在橫樑上把書擲下去，歸還給張承吉。原本其中一卷書有些損壞，歸還的卻已修補好了。王家女兒出嫁的時候，向張承吉借東西，那鬼向張承吉借了紙筆代其回覆王家。張承吉有雙巧手，手工藝做得很好，曾嘗試製作一個彈弓，被鬼借去。當第二日歸還時，彈弓卻壞掉了。

這個故事的情節亦可謂毫無道理可言。説此鬼是故事中的壞蛋嗎？他卻對元慶的發狂負上責任，勸其父母不要打他；而且，他亦替張承吉修補好書籍。説此鬼是善良的角色嗎？他卻無緣無故地將張元慶變得精神恍惚，又弄壞張承吉的彈弓。這個鬼故事就是如此這般地記錄着張承吉與鬼之事。當中有深層次的意義嗎？作者是借故事指出做了錯事的鬼會有不好的下場嗎？不，似乎我們都看不出它的教育意義來。

這個故事中的鬼還算不上是一名壞蛋，可是有些鬼故事更是明確地述説衰鬼得逞的事呢！以下是一個載於《搜神記》中的故事：

　　琅琊郡中有一老者，叫秦巨伯。曾試過夜裏去喝酒，途經蓬山廟，忽然見到他兩個孫兒來迎接他。扶着他大約走了百多步，孫兒突然掐住秦巨伯脖子，將之按在地上，便破口大罵：「老奴才！你在某日棒打了我，我今日就要殺了你！」秦巨伯就想起自己確實在某日打過這兩個孫兒。為解眼下困境，秦巨伯裝死，結果兩個孫兒便撇下他而去。秦巨伯歸家後，欲懲治兩個孫兒。誰知兩個孫兒大驚，連忙向他叩頭並説：「為人子孫者豈敢有這種悖逆之行?! 恐怕是鬼魅作祟，孫兒乞求您去查證一下。」秦巨伯就心裏明白了。

　　數日後，秦巨伯詐醉再經蓬山廟，又見兩個孫兒過來扶他。秦巨伯於是急急挾住他們，兩鬼不虞有詐，立時動彈不得。秦巨伯返回家中後，竟發現「兩個孫兒」實為兩個木偶人像。秦巨伯用火燒他們，把木偶燒到腹背均焦枯裂開了。秦巨伯把燒焦的木偶扔在庭院中，可是他們都趁夜裏逃跑了。秦巨伯十分後悔，因為他恨不得把兩鬼殺掉。

　　一個多月後，秦巨伯趁家人不知，懷裏藏着利刃離家，再一次詐醉夜行。夜已深，兩個孫子見其仍未回家，又恐其被鬼魅困住。於是，二人便一同出門去迎接秦巨伯，秦巨伯竟然把兩個孫兒刺死了。

　　故事裏的衰鬼胡作非為，不只差點把秦巨伯掐死，更是食髓知味，一而再地想戲弄他。雖曾被捉拿，但最終逃逸無蹤。故事最後更是以受害人把自己家人親手殺掉作結束。如果硬要説故事有教育意義，難道要説秦巨伯做人太狠心了嗎?! 可是，這委實又説不過去，他是受害人啊！再者，故事的鬼不是一般的「戲弄」，而是想把他掐死啊！這樣的「兇徒」，難不成要秦巨伯報官府去？

如果上述的「無厘頭」[4]鬼故事仍不能夠滿足讀者胃口。讓筆者再多講一個吧！此故事出於南朝劉義慶的《幽明錄》：

譙郡裏有一個叫胡馥之的人，娶李氏為妻十多年而無子嗣。李氏死去。胡大哭，說：「你竟沒有留下個孩子就死去了，你真狠心啊！」李氏忽然起來坐着，對丈夫說：「被你流露的悲痛感動，我的屍身不會馬上腐朽。你可以在黃昏後來找我，我倆如平時一樣行房，定會替你生個男孩的！」李氏說罷便再次躺下。

胡馥之依李氏之言，沒帶燈燭照明，在黑暗中與李氏交合。完事後，李氏嘆息說：「死去的人斷無復活之理。夫君你可把我的遺體放在別的房間裏，十個月以後再把我埋葬。」胡馥之當時感到妻子身軀仍有微暖的體溫，如在世時一樣。十個月後，李氏的遺體果然生出一男嬰。胡將其子命名為「靈產」。

由以上的故事看來，筆者有理由認為古人對於鬼故事的書寫，有部分是基於他們對於死後世界的好奇心。他們想知道鬼有着怎樣的個性，就試在文學作品上描寫一下。不過，筆者就不信鬼故事的作者見過鬼，真的認識鬼。結果，作者們寫着寫着，就把鬼的個性寫得像生人一般：他們也會喜歡與人抬槓，會因為說不過人家而露鬼相嚇人；他們的品格也如生人一般，有好的、有壞的，亦有半好半壞的；他們也像人一樣惡死悅生，繼而有一些女鬼嫁人，欲求枯骨生肉，死後還陽的故事；他們也跟人一樣有病痛求醫，飢而欲食，勞而欲息的需求。這些對鬼的書寫，無疑反映出當時的作者對於死後世界的好奇心，透過他們的想像描寫眾生在

百年之後將會「生活」的世界。

有些用來吐苦水

　　各位讀者，你們都有聽過《聊齋誌異》吧?! 以它的知名度，相信就算是沒有看過這本書，總有聽過其中一兩個鬼故事吧？例如〈畫皮〉和〈聶小倩〉兩個故事，就曾多番被改編為電影作品，直接以《聊齋》為題的電視劇在兩岸三地間更是多不勝數。也許，大家都看過這些作品，覺得《聊齋誌異》確實有不少精彩的故事。可是，故事背後的辛酸和眼淚，大家又知多少呢？

　　今日，若有讀者曾感學業不順、前途不明，或懷才不遇，讀《聊齋誌異》可能令你有莫名的投入感。為甚麼呢？如果讀者曾完整地讀畢《聊齋誌異》，你會發現當中不乏書寫落泊書生和試場黑暗的故事。例如一個名為〈葉生〉的故事，當中的主人翁就是一位執意求取功名，死了也不自知的書生。

　　淮陽有一葉姓書生，名字已不可考。他所寫的文章詞賦，在當時可謂最好的、最優秀的。然而，他命運不佳，遲遲未能在試場上名列前茅。……發榜後，葉生依然名落孫山。葉生只好垂頭喪氣地回家，由於有感辜負知己者而覺得愧疚，他變得極其瘦弱，神情癡呆如木偶。

　　後來在輾轉之下，葉生終於考上功名，因公務途經家鄉附近。他本欲衣錦榮歸，擇好吉日回家，誰知道回家後竟得知自己一早已死去之惡耗。

　　葉生回到自己家，竟見到門戶蕭條，不禁悲從中來。他走到庭院裏，剛巧碰到妻子拿着簸箕出來，她見到葉生後扔下了簸箕就驚慌地逃走。葉生感淒涼悲傷，說：「我現在已經有功名，變得顯貴了啊！才三四年不見，怎麼竟像不認識我一樣呢？」妻子遠遠地對他說：「你已死了多年，又談何顯貴呢？正因為家中貧困兒子又年幼，我們連你的棺木都無法埋葬。如今兒子長大成人，正要給你選擇墓地下葬呢！所以，求你不要作怪，嚇唬我們！」

　　葉生花了一生在試場上，至死也不知道。他絕對不是蒲松齡筆下的唯一。在《聊齋誌異》之中，才華橫溢卻未能順順利利地在科舉試上獨佔鰲頭的，又何止葉生一人，〈司文郎〉的王平子和宋生、〈白如玉〉的吳筠、〈賈奉雉〉的賈奉雉等都是有着同樣不幸遭遇的人。袁行霈教授在他的《中國文學史》中，就指出這種創作特點其實是蒲松齡在吐苦水：

> 蒲松齡十九歲進學，文名日起，卻屢應鄉試不中，斷絕了功名之路。他飽受考試的折磨，一次次名落孫山，沮喪、悲哀、憤懣不僅傾注於詩詞裏，也假談鬼說狐發洩出來。[5]

　　當然，《聊齋誌異》能夠成為經典，它並不光是蒲松齡吐苦水的作品。俗語說：「做人嘛！你疼疼別人，別人也疼疼你。」光是看蒲松齡寫莘莘學子們有多慘哪能夠吸引這麼多讀者?!最多也只能組個「落泊書生《聊齋》讀書會」，或者在臉書上多個「科舉試場 secrets」專頁吧？

古今往來這麼多的讀者都愛讀《聊齋》，那是因為蒲松齡吐自己的苦水同時，也吐他人的。袁行霈教授指出：

> 蒲松齡沒有將自己的小說創作局限於僅就個人的境遇而發，只寫個人的失意、落寞。在那個時代，官貪吏虐，鄉紳為富不仁，壓榨、欺凌百姓，是普遍的現象。位賤家貧的蒲松齡，有一副關心世道、關懷民苦的熱心腸，又秉性伉直，勇於仗義執言。抒發公憤，刺貪刺虐，也成為《聊齋誌異》的一大主題。[6]

為甚麼要用鬼故事來抒發公憤，刺貪刺虐呢？吐苦水也要和鬼大哥們有關嗎？其實，背後的理由很簡單：作者一方面忍不住口有話想說，另一方面又怕口多多惹禍上身。大家看看《聊齋》吐了這麼多苦水，大概可知當時社會沒有太大的言論自由吧！作為有良心的讀書人，看到不公義的事忍不住口想要批評一下；可是，寫惡霸怕被惡霸找上門，寫貪官怕被貪官抓下獄……打着「妄言妄聽」之旗號，告訴別人故事中所述不必深究，用以避禍。例如，在〈席方平〉一故事中，二郎神對冥王、城隍、郡司等之判語，不也是對人間官府之判語嗎？

査得冥王此員：有幸獲王爵之位，深受玉帝之恩。因之，理應廉潔奉公以為下屬之表率，不應貪贓枉法以敗壞官聲。可是，你卻奢華僭越，光是在炫耀自己爵位的尊貴；你為人既凶狠又貪婪，為人臣者之氣節都被你玷污了……

至於城隍和郡司：……你們枉法作弊，顛倒是非，猶如

鷹鷙般兇殘，絲毫不顧人民貧困；又任意施展奸狡的陰謀，對陰間鬼魂的瘦弱不管不顧⋯⋯

又例如，在〈公孫夏〉的故事中，保定府有一國子監生，在生時已謀劃買縣官職位來做，更意圖死後在陰間買城隍一職來當。按照字面意思來看，作者當然是在批評那些陰間的官太壞了，連城隍爺的職位都可以買賣；然而，故事背後的深層意義，當然是將現實社會中官場的骯髒交易作出諷刺性的揭露[7]。

國子監生在陰間鋪張地走着，遇上關帝聖君。關帝聖君大罵他只當一郡之首，竟如斯講究排場！見到國子監生寫其姓名籍貫的字條後，關帝更是說：「寫自己的姓名籍貫字那麼簡單的事，竟可以又有錯字，字又醜不成形。如此一個市儈之徒，怎麼能去作一郡之首，管理民生社稷之事?!」

有心理學家相信，創作其實是作家以經驗過之事物作原材料去作出創新性的合成[8]，我們的確有理由相信關帝之言，乃為蒲松齡現實生活之見聞呢！這樣打着寫鬼故事的旗號，除非有人承認自己就是故事裏的牛鬼蛇神，否則就算明知道蒲松齡在影射自己，又能拿他怎麼辦？

心理學小知識

班杜拉（Albert Bandura，1925- ）是一名著名的心理學家，曾提出社會認知理論。班杜拉認為觀察和模仿可以有助創作，原因是創意不是一種由無變有的過程，而是創新者用上了已有的材料，用不同前人的方法作出創新性合成（innovative syntheses）。

在他的《思考與行為的社會基礎》一書中，他指出：「模仿可以直接促進新類型的出現，因為它提供了創新性合成的原材料及培育出不依慣例的思維」，又提及了創作的性質：「有成就的創作不是由無變有。它們的出現是建基於前人的創作」。

因此，筆者亦建議各位讀者，要成為一位鬼故事作家，你就要先成為熱愛鬼故事的讀者。

詳見：Bandura, A. (1986) *Social Foundation of Thought and Action: A Social Cognitive Theory*. U.S.: Prentice-Hall, p.104.

小結

　　這一節跟各為讀者分享了很多不同的鬼故事。這些鬼故事有來自近現代香港的，也有來自古代中國的。希望讓一心想學寫鬼故事來嚇嚇嚇嚇他人的讀者們拓寬一下眼界。

　　不要小看鬼故事，它們不只是述說恐怖靈異之事，不是單純用來嚇嚇他人。古今的鬼故事作家有着不同的寫作目的，有些是寫來嚇人，有些是寫來教育人，有些是寫來暗諷時弊，有些是純粹基於對死後世界之好奇。

　　由以上的故事可見，中國的鬼故事文化可謂博大精深，主題非常豐富，欲表達的訊息多元。如果讀者們想成為一位出色的鬼故事作家，一定要多讀多思考，這樣才能寫出優秀的作品呢！

小練習

鬼故事分類

正如班杜拉所説，你的創作會受你所讀的影響。

問 不如在開始學習寫作之前，先統計一下你讀過的鬼故事類型，看看是否符合你的寫作目標？

書名／ 故事名稱	故事 性質	長篇／ 短篇	符合你的寫作 目標？

如果讀者你想創作的，是用來嚇人的鬼故事，可是你看的鬼故事全都是藉故事來諷刺時弊，或藉由故事教育大眾的，那麼，你就要多讀一點跟自己寫作目標一致的鬼故事啊！

註釋：

1. 詳見：Bosco, Joseph. Young People's Ghost Stories in Hong Kong, *Journal of Popular Culture*, 40.5 (Oct 2007), pp.785-807.

2. 施志明、潘啟聰：《香港都市傳說全攻略》（香港：中華書局，2019 年），頁 32-33。

3. 金官布：〈魏晉六朝鬼話對後世文學的影響〉《青海師範大學民族師範學院學報》2006 年第 02 期，頁 15-17；金官布：〈魏晉六朝鬼話與小說觀念的轉變〉《青海師範大學民族師範學院學報》2007 年第 01 期，頁 32-35。

4.「無厘頭」為粵語俚語，大約指「沒有道理，沒有邏輯」之意。

5. 袁行霈：《中國文學史 · 第四卷》第二版（北京：高等教育出版社，2010 年），頁 269。

6. 同前註，頁 271。

7. 同前註。

8. 潘啟聰：《當文學遇上心理學——文藝心理學概論》（香港：中華書局，2019 年），頁 156-161。

篇幅長短有影響：
看看香港現代的鬼故事之特色

在上一節之中，筆者跟各位讀者分享了古今不少鬼故事，從而指出作家們的寫作目的不一樣。現存的鬼故事作品寫作動機多元化，可見「鬼」的書寫背後有着深刻文化價值。如果說一般人所認識的鬼故事就只是用來嚇唬人，鬼故事絕非這樣獨沽一味啊！

那麼，為甚麼一般人對鬼故事有如此印象呢？如果鬼故事不只有嚇唬人之效，當讀者在閱讀的時候，鬼故事能夠或應該產生怎樣的閱讀反應呢？筆者會在這一節之中，從鬼故事的篇幅長短入手，去為各位讀者作出解說。

篇幅長，考慮多 ?!

請各位讀者試想一想，你在閱讀一本長篇恐怖小說，它有可能由第一章嚇到你最後一章嗎？就以筆者隨便在書房拿到的小說《午夜的教 X 大樓》為例，全書就有七章共二百九十頁。如果你是一位作家，你相信你有能力在每一章節每一頁，都寫得出嚇人的情節嗎？或許，讀者未聽過小說寫作有甚麼需要的細節，就讓筆者分享一下研究小說的專家怎麼講。

在被譽為現代小說寫作技巧聖經的《小說面面觀》（*Aspects of the Novel*）中，作者佛斯特（Edward Morgan Forster，1879-1970）曾在〈第一章 緒論〉裏提到此書命名為「面面觀」（Aspects）之背後意思：

> 至於我選擇「面面觀」這個詞作為講座之名，是因為它既籠統也缺乏科學的精確，給我們最大的

自由，它代表我們觀看小說的不同方式，及小說
家能夠從不同角度看自己的作品。至於我所要討
論的「面」，一共包含七個：故事、人物、情節、
幻想、預言、圖式和節奏。[1]

佛斯特指出了小說具故事、人物、情節、幻想、預言、圖式
和節奏七個面向，他並沒有故意吹噓小說寫作的難度。

另一位研究小說的法國學者瓦萊特（Bernard Valette，
1948-）在其《小說：文學分析的現代方法與技巧》（Le roman）
一書中，就點出了小說寫作的多個重點，包括章節劃分、時間
性、外部空間的描寫、人物及肖像的描寫、作者論述、敘事和修
辭[2]。盧卡奇（Georg Lukacs，1885-1971）在其《小說理論》（De
Theorie Des Romans）中亦指出小說的成份包括人物對完美的烏
托邦的懷念、一種感到自己和自己的願望就是唯一真實的懷舊病、
只以自己事實上的存在，和純粹的連續能力為基礎的社會結構的
存在，以及決定形式的意圖[3]。呃……明不明白盧卡奇說甚麼不是
重點……筆者只是想表達，由此可見要寫一部長篇的恐怖作品，
這絕不是一個「嚇」字就足夠。

讓我們再一次回到第一章第一節中，曾提及過的美國哲學家
卡羅爾之說法。在第一節的尾聲，筆者曾賣關子，指出之後會再
談談他對長篇恐怖故事寫作手法之分析。在他那本《恐怖哲學》
（The Philosophy of Horror）一書中，有一章以〈為何恐怖？〉
（Why horror?）為題，對閱讀恐怖故事之心理進行研究。在該章

節中，他藉長篇恐怖故事的分析，對恐怖故事吸引人之處作出了深入的闡釋。批判性地指出現存說法（包括「宇宙性恐懼」、「刺激感覺的追求」、「仰慕魔鬼」及「實現願望」的心理）的不足後，卡羅爾提出了他自己的想法。

小補充

　　卡羅爾認為現有的、有關恐怖故事吸引人之處的說法不夠全面，每種說法只能夠解釋某類型作品而非全部。因此，現存理論不足以點出恐怖故事吸引人之原因。例如，不是所有的恐怖故事均有着引起宗教敬畏感或富有魅力的怪物角色。也許，《德古拉》中的吸血鬼是富有魅力的，但是《大白鯊》（*Jaws*，1974）中的鯊魚、《橫衝直撞的螃蟹》（*Crabs on the Rampage*，1981）中的螃蟹和《羊》（*Sheep*，1994）中的羊呢？難道牠們亦如古堡裏的吸血伯爵一樣，又聰明又文質彬彬，是一位身姿典雅的紳士嗎？

　　另外，對於追求刺激感覺的說法，這或許是對的，可是此說卻未有點明恐怖故事特別之處。這是因為任何故事或都會有令人感到緊張、牽動人情緒的地方。例如，科幻故事、偵探小說、武俠小說等。刺激感覺不一定要來自恐怖故事呢！

　　卡羅爾以分析恐怖故事的敘事結構入手，指出不少恐怖故事的敘事結構都非常一致。它們的敘事結構大約都是圍繞着驗證、揭曉、發現及確認一些不可能或有違現有概念的東西存在[4]。據他的分析，好奇心的滿足——尤其是對未知之事的發現——可謂讀

者喜愛恐怖故事的一大動機[5]。恐怖角色的未可知就在這裏發揮作用。恐怖角色的描寫越是精彩而富魅力，讀者就越是對它感好奇；當揭曉及確認它的未可知時，讀者就越是感到着迷。

　　簡而言之，「好奇＋着迷」的結合就是卡羅爾對於恐怖故事因何能夠令人着迷之解說。他認為恐怖故事之所以令人着迷，一方面是基於其故事的敘事結構，它們能先喚起讀者的好奇心，然後層層地揭開迷霧令其滿足；另一方面是基於恐怖角色的設定，角色的強大、可怕及未可知令讀者感到着迷[6]。所以說，如果你要成為一位恐怖故事作家，若要寫一部出色的作品，光靠一個「嚇」字是不足夠的！

篇幅短，靠D傳?!

　　以往筆者面對困境時，老爸有一句口頭禪：「窮則變，變則通嘛！」長大了才知道，這句話來自《易經·繫辭下》。全句為「易窮則變，變則通，通則久」。意思大致上指，事物總會發展到窮盡之勢時，到了那個時候，前路不通了，那就必須求變化。現代人講「轉型」講得多了，箇中原理不也是一樣嗎？不過，各位讀者或許不知道，鬼故事也曾有轉型的時候。當然，鬼故事的演變不致於走到山窮水盡之勢。不過，據現代的學者研究所得，現代的鬼故事（尤其是短篇的、藉口耳相傳流通的鬼故事）確實跟以往的鬼故事有很大的分別，儼如一種新的文化一樣。

　　在講學術分析之前，筆者請大家翻去下一頁，也問一問大家，你們有沒有見過類似的大學活動海報呢？

　　據人類學學者林舟研究所得，香港的鬼故事文化甚有特色。過去鬼故事多數是由成人告訴其下一代的[7]。在這些鬼故事中，往往或隱含了教育的意味。例如，林舟在分析〈牛尾湯〉的故事時，就指出故事暗喻好學生不應在求學階段談戀愛和進行性行為[8]。林舟的研究雖屬人類學範疇，但是亦符合文學的研究所得。

　　我們不難發現在不少古典的鬼故事中，作者都有諷喻警世或述說智慧之目的。筆者在第二節中亦曾提及過《莊子‧至樂》篇的鬼故事。其實，相類似的作品還有很多，如《枕中記》、《霍小玉傳》、《南柯太守傳》都是一些好例子。有趣的是，林舟進一步指出，在第二次世界大戰以後，情況開始改變。鬼故事的流傳和講述盛行於年輕人之間，儼如一種獨特的青年文化。例如，在大學迎新營中，高年級學生講述校內的鬼故事去嚇新生乃司空見慣之事[9]。

　　各位讀者可能會問，這樣的鬼故事、這種講鬼的文化到底有甚麼意義？

　　按林舟的説法，這種講鬼的文化背後有「娛樂」的意味。可是，這種「娛樂」不是卡羅爾説的那種刺激感之追求。這種「娛樂」不是來自「聽眾／讀者」那一方，而是來自「講者／作者」那一方。簡單而言，這是一種「講者／作者」的「娛樂」。「講者／作者」以嚇人作為講述鬼故事之目的，並以見到「聽眾／讀者」表現出驚恐的反應為樂[10]。

　　由此可見，如果讀者們有興趣去創作一些以嚇倒他人為目標的鬼故事，二戰之後的香港短篇鬼故事是非常好的研習對象呢！

　　不瞞各位讀者，筆者正是曾經特意收集並仔細研習過這些鬼故事。近幾年筆者一直在研究以嚇倒他人為目標的鬼故事，因而特意收集了一些出於香港作家之手的短篇恐怖故事。研究過後，筆者提出了「恐懼蔓延」的説法，以總括香港短篇鬼故事的敘事方式。筆者在研究過程中發現了不同來源、不同作者的故事均有一些共有的元素，例如貼近日常生活的故事背景、容易代入其中的故事主人翁、沒有天馬行空的恐怖角色，再加上以未完之事作為故事結局。為甚麼以嚇倒他人為目標的鬼故事會有這樣的敘事方式呢？原來我們可以借用心理學的理論説明白。

　　被譽為格式塔心理學之父的庫爾特・考夫卡（Kurt Koffka，1886-1941）有一套名為「行為環境——地理環境」的理論。他在其《格式塔心理學原理》（*The Principles of Gestalt Psychology*）中，就曾以一個故事生動地説明「行為環境」及「地理環境」的關係。

　　在一個冬日的傍晚，於風雪交加之中，有一男子騎馬來到一家客棧。他在鋪天蓋地的大雪中奔馳了數小時，大雪覆

蓋了一切道路和路標，終於找到這樣一個安身之處而使他格外高興。店主詫異地到門口迎接這位陌生人，並問客從何來。男子直指客棧外面的方向，店主用一種驚恐的語調説：「你是否知道你已經騎馬穿過了康斯坦斯湖？」聞及此事，男子當即倒斃在店主腳下。[11]

在他提出的理論中，考夫卡將環境分為「地理環境」（Geographical Environment）和「行為環境」（Behavioral Environment）兩類。「地理環境」是現實的實際存在的環境；「行為環境」就是一個人心目中或臆想中的環境。他認為人的行為主要是受「行為環境」約制和調節，「行為環境」是直接經驗的一部分，是意識的一部分[12]。

在考夫卡講述的故事中，騎馬男子的「地理環境」其實是結冰的康斯坦斯湖；可是，由於人的決定主要是受「行為環境」的影響，因此男子之所以有大雪中奔馳的行為，是出於他的「行為環境」中只意識到他奔馳的路是一個被大雪覆蓋的平原。當有人向他描述他實際的「地理環境」並非一片陸地，而是康斯坦斯湖湖面的薄冰[13]。他當下意識到一種新的、完全不同的「行為環境」；如果他早得知這資料，他的行為會斷然不同，不會做此危險之事。意識到實際的「地理環境」遠比他心目中的「行為環境」危險為他帶來衝擊，這個衝擊令他感到驚恐不已，當即嚇死倒斃。

將故事背景寫得貼近日常生活的環境，又將故事主人翁設定為容易代入其中的角色，香港短篇鬼故事的寫作，就是要在讀者們心裏產生奔馳雪原那男子的感受。本來，愛漂亮的你在上廁所之後很喜歡照鏡子的，照很久也不願離開。可是，在黃昏的時候，

你閱讀了一個有關鏡子的鬼故事。故事裏，主人翁在照鏡時，忽然驚覺鏡子裏的倒影與自己的動作並不協調。主人翁嘗試不動聲色地離開廁所。可是，赫然發現門打不開。在廁所的燈光變得忽明忽暗的同時，主人翁見到鏡裏的自己笑了……你原本上廁所就是上廁所，照鏡子就是照鏡子，「陰森恐怖」四字是從來都不會出現在你和鏡子之間的。

閱畢這個鬼故事之後，你夜晚上廁所時都不敢多望鏡子一眼了，惟恐發現鏡子裏的倒影與自己並不一樣。寫得貼近日常生活的環境，那是因為如果故事裏的環境是讀者平時生活裏接觸不到的，故事就難以引發「原來我日常生活的環境中，竟有這樣靈異之事」的恐懼感。

借用考夫卡提出的「行為環境──地理環境」概念，香港短篇鬼故事經常以日常生活的場景作故事發生之背景，這是藉由衝擊和改變讀者的「行為環境」，告知讀者「地理環境」其實具有未可知的恐怖存在，繼而引發恐懼的感覺。正如考夫卡講述的故事一樣，一般人生活的時候多數受唯物主義所影響，超自然的事物不會出現在「行為環境」中。上廁所的時候聽到門外有聲音，一般只會想到有同事或同學在外面，而不會先想到有鬼。在圖書館遇上找報紙的陌生人時，一般都不會懷疑對方是否真的是人。唯物主義框架是一般人常態的「行為環境」，香港短篇鬼故事正是要透過故事告訴讀者，實際的「地理環境」不是這樣。故事告訴讀者們，超自然的、具有未可知性的恐怖角色就存在於讀者的日常生活之中，只是平常的「行為環境」未有顧及它們的存在。

另外，為了令讀者們感到更大的恐懼──將閱讀故事的恐懼感蔓延到日常生活裏去，香港短篇鬼故事還有幾個常見的設定。

一、故事中不能夠出現過於天馬行空的恐怖角色。如果恐怖
　　角色太過天馬行空，讀者們或許會在閱讀時感到恐懼，
　　但閱讀後根本不會相信在現實裏有可能遇上這些角色。
　　讀者由故事產生的恐懼就不可能蔓延到日常生活中。

問　你有沒有一刻曾經試過，在現實生活中害怕自己會遇上以下
　　的恐怖角色呢？

1　鬼魂

2　中國殭屍

3　科學怪人

4　吸血鬼

5　喪屍

6　魔鬼

7　狼人

8　狐妖

　　筆者可以跟你打個賭。如果你以上面的恐怖角色排一個
「最不可能存在」的次序，它的結果一定與你「最害怕遇上」
的次序成反比呢！

二、故事中的主人翁通常都是長着一副「大眾臉」。筆者這
　　裏指的「大眾臉」，是指角色沒有太大的獨特性，人物
　　設定非常普通。這樣令讀者在閱讀時更容易代入其中，
　　感對方所感；也能令讀者感到故事中所發生的事，其實
　　可能發生在一般人（包括自己）的身上。

問　你會傾向覺得，發生在以下哪位人物身上的事，會有可能發
　　生在你身上呢？

1　文職人員　　　　3　超級英雄

　　2　在學學生　　　　4　銷售員

三、故事多半是以未完之事作為結局。這個原因非常簡單。
　　那就是因為故事未完，這才有可能讓讀者在日常生活裏
　　遇上差不多的環境時，心裏發揮無限想像、對號入座、
　　疑神疑鬼……總之，就是憂心忡忡的，怕自己會遇上故
　　事裏發生了的事。可是，若故事以圓滿完成之事作為結
　　局，那麼就沒有想像之空間了。

問 若果「本故事純粹真實，如有雷同實屬不幸」，在邏輯上而言，你會有可能遇上以下哪個故事所描述的恐怖角色？

❶ 夜裏，你與友人歡聚後回家。回家途中，你看到住在低層的婆婆坐在小巴站的椅子上。你覺得十分奇怪，都這麼晚了，婆婆怎麼仍在小巴站候着呢？於是，你便主動上前跟她寒暄一番。婆婆告訴你，她正在等她的小兒子回家。回到家中，你把事情告訴家人。你的母親厲聲呵責你，叫你不要亂説。她説婆婆在兩星期前已經去世，你不可能見到她。你知道你母親不可能拿這種事情開玩笑。在驚魂未定的同時，你在窗邊往街外看，看到婆婆從樓下的小巴站正在朝你的方向望着……

❷ 有一次，你在同學們的口中聽到，某女生請假一星期不上學的原故，是因為在學校裏撞鬼了。據説，有一日，因為美術學會要開會之故，女生與同學們留到黃昏仍未離去。會議期間，女生因內急而要求小休一會。可是，女生回到美術室時，她忽然嚎啕大哭。同學們多番慰問，女生仍哭聲不止。大約三十分鐘過後，她的情緒才穩定下來。她向在場同學説，在她回美術室途中，她看見在一個已上鎖的班房內，看見一個「人」嘗試由水松木壁報板爬出來。當那「人」的上半身爬出壁報板時，「他」的臉突然轉向她。一雙只有眼白的眼珠子像是瞪着她一樣。女生嚇得拔腿就跑，回到美術室前她仍聽到那「人」大笑的聲音。校方很嚴肅的處理事件，並高調地請校牧到該班房裏禱告。之後，再沒有聽到有關那班房的怪事了。

比較兩個故事，由於故事二以圓滿完成之事作為結局，邏輯上鬼已經被安撫了，怪事已終結了，不論你有多膽小，此故事對你已沒有任何想像空間了。因此，在芸芸眾多旨在嚇人的鬼故事中，你甚少見到結局是：牧師或神父已成功驅了魔、和尚已超度了亡魂、怨靈已成功報了仇而安心輪迴去了⋯⋯因為若以圓滿完成之事作為結局，故事引發的恐懼感覺一定會隨閱畢故事的同時結束。

一項有關鬼故事的問卷調查

筆者在二〇一六至二〇一七年上學期曾邀請自己在恒生管理學院（現為香港恒生大學）的學生參與了一項簡單的問卷調查。問卷以 Google 表單的形式設置，並在「GEN1000 透視通識教育」課程的 Moodle 平台上載超連結。

調查只有三條問題，問受訪者「❶ 你是否相信鬼的存在？」、「❷ 你會不會聽／閱讀鬼故事？」以及「❸ 你認為鬼故事最令你感到害怕的原因是甚麼？」。第三條問題是筆者最想知道的。問題雖然簡單，但是答題選項都是經過文獻回顧而設定的。答題選項包括有：故事敘事情節恐怖、對鬼的描述恐怖、聽／閱後在現實生活遇上和故事情節相似的場景時會疑神疑鬼及其他（自填原因）。最後參與的受訪者共有七十七人。問卷調查的結果如後頁。

答題選項	回應結果
❶ 你是否相信鬼的存在？	
是	64.9%
否	35.1%
❷ 你會不會聽／閱讀鬼故事	
會	70.1%
不會	29.9%
❸ 你認為鬼故事最令你感到害怕的原因是甚麼？	
故事敘事情節恐怖	20.8%
對鬼的描述恐怖	2.6%
聽／閱後在現實生活遇上和故事情節相似的場景時會疑神疑鬼	70.1%
其他	6.5%

　　本章較早之前所提出的「恐懼蔓延」，乃是歸納眾多鬼故事所得出的理論。這些數字則是一些實證性的數據。70.1% 的受訪者指出「聽／閱後在現實生活遇上和故事情節相似的場景時會疑神疑鬼」是鬼故事最令其感到害怕的原因。遠超其他的選項。更有趣的是，受訪者中，只有 64.9% 相信鬼的存在。可見，如果你的故事寫得好，不管讀者本身是否相信有鬼，也會被你的故事弄個疑神疑鬼呢！

　　這項問卷調查固然略嫌過於簡單，但是這些數據引起了筆者再進一步深入探討閱讀鬼故事的讀者反應。因而，撰寫了〈恐懼在生活中蔓延——鬼故事的讀者心理研究〉一文。此文的研究所得會在第二章分享。

小結

　　由以上種種的討論可見，撰寫長篇的恐怖小說與撰寫短篇的鬼故事各有不同的考量。長篇的恐怖小說不能光靠一個「嚇」字，去支撐起一部隨時有十數章和百多頁的作品。要讓故事引人入勝，恐怖角色和情節確實不可少，但層層遞進以誘發讀者好奇心的敘事結構也是不可少的。短篇的鬼故事雖可明確地以嚇人為目標，可是在敘事的設計上原來仍有不少要顧及的地方，包括故事背景、主人翁設定、恐怖角色設定以及故事結局。本節先讓各位讀者有一個初步的概念。有關寫作的各樣注意事項，筆者會在第二和第三章有更詳細的論述。

小練習

鬼故閱讀筆記

如果讀者們有興趣在未來創作鬼故事，不妨試一試閱讀時同時寫下筆記，以便將來從中學習。

閱讀時可以留意的地方	
故事主題	■ 故事以甚麼作主題？
時間性	■ 故事所涉時間有多久？ ■ 情節發展的節奏如何控制？
外部空間的描寫	■ 故事發生在怎樣的背景中？ ■ 作者對所有空間的描寫都細緻入微嗎？ ■ 還是只有某些空間描寫得比較細緻？
人物及肖像的描寫	■ 各個故事人物的設定如何？ ■ 哪些人物對你來說有比較深刻的印象？為甚麼？ ■ 那些角色的描寫有甚麼特別之處？ ■ 在整理人物及肖像的描寫之時，可以分別對故事主角、恐怖角色、其他受害人等多加留意！

作者論述	■ 作者有沒有藉甚麼人物論述了甚麼？ 例如對時事、社會、人生等話題的觀點。 ■ 這樣的寫作手法令你有甚麼感受？ ■ 是好（論述得暢快淋漓）？ ■ 是壞（窒礙了故事進展）？
敘事和修辭	■ 作者使用了怎樣的敘事和修辭手法？ ■ 這種手法對故事展開有着怎樣的作用？
敘事中謎團 的舖排 （長篇作品 適用）	■ 卡羅爾指出長篇作品通常都涉及了謎團展開： 由一開始謎團如何出現 謎團如何一步步牽引讀者的好奇心 謎團如何一點一滴的揭露 謎團如何與恐怖角色掛勾 謎團如何揭露才能最牽動讀者的好奇心 謎團最後要不要留下伏筆等
章節劃分 （長篇作品 適用）	■ 章節與章節之間如何作出分水嶺？ ■ 一章之內通常包含甚麼內容？

註釋：

1. 佛斯特著，蘇希亞譯：《小說面面觀：現代小說寫作的藝術》（台北：商周出版，2009 年），頁 42。

2. 瓦萊特著，陳艷譯：《小說：文學分析的現代方法與技巧》（天津：天津人民出版社，2003 年）。

3. 盧卡奇著，楊恆達譯：《小說理論》（台北：唐山出版社，1997 年），頁 43。

4. Carroll, Noël. *The Philosophy of Horror*, (Great Britain: Routledge. 1990), pp.161-163。

5. 同前註，頁 182 和 184。

6. 同前註，頁 195。

7. Bosco, Joseph. The supernatural in Hong Kong young people's ghost stories, *Anthropological Forum* 13.2 (2003), p.141; Bosco, Joseph. Young People's Ghost Stories in Hong Kong, *The Journal of Popular Culture*, 40.5 (Oct 2007), p.785.

8. Bosco, Joseph. The supernatural in Hong Kong young people's ghost stories, *Anthropological Forum* Vol.13 No.2, 2003, p.142.

9. Bosco, Joseph. The supernatural in Hong Kong young people's ghost stories, *Anthropological Forum* 13.2 (2003), p.141; Bosco, Joseph. Young People's Ghost Stories in Hong Kong, *The Journal of Popular Culture*, 40.5 (Oct 2007), p.785.

10. Bosco, Joseph. Young People's Ghost Stories in Hong Kong, *The Journal of Popular Culture*, 40.5 (Oct 2007), p.786.

11. 考夫卡著，李維譯：《格式塔心理學原理》（北京：北京大學出版社，2010 年），頁 22。

12. 王鵬等著：《經驗的完形：格式塔心理學》（濟南：山東教育出版社，2009 年），頁 90。

13. 有關考夫卡對這故事的詳細分析和闡述，詳見前註。

Chapter **2**

短篇鬼故事
寫作法則

據人類學學者林舟研究所得，二戰以後香港的鬼故事（尤其是短篇的、口耳相傳的）有「轉型」的現象。鬼故事的流傳和講述盛行於年輕人之間。「講者／作者」以嚇人作為講述鬼故事之目的，並以見到「聽眾／讀者」表現出驚恐的反應為樂。所以說，別小看香港的本土文化！要嚇人，必先學習香港的短篇鬼故事！

　　在上一章之中，筆者提及自己曾收集並研究過這類鬼故事。不要以為筆者在開玩笑。光是收集研究素材亦已費了不少工夫。為了保障學術的嚴謹性，在選擇作品的階段，筆者已經有意地定下一些篩選條件。

　　第一，為了避免分析所得只能代表某傳播途徑的特徵，因此作品要從不同傳播媒介搜集，最後包括有大學流傳的鬼故事、電台收集的鬼故事、網路流傳的鬼故事及文學創作的鬼故事四種。

　　第二，為了避免分析所得只能代表某位作者的寫作手法，因此盡可能收納不同作者的恐怖故事。

　　第三，為了保障故事的質素及完整性，因此筆者只會選取已出版並發行實體書的故事作研究素材（即使是網路流傳的鬼故事，筆者的研究素材亦不會直接自網路上收錄，而是取自已出版的實體書）。

　　最後，在符合以上的條件下，筆者選中了以下的故事作研究素材。大學流傳的鬼故事載錄在林舟的學術論文之中，電台收集的鬼故事載錄於《現靈記 2 之恐怖十大》、《靈異檔案》、《你話嘅，呢個世界有冇鬼？》及《魂游全港》之中，網路流傳的鬼故事載錄於《香討鬼故》及《香討鬼故　貳》中，而文學創作的鬼故事則載錄於《入夜後不要單獨留在學校》、《阿公講鬼》、《口耳相傳的香港鬼故事──念念‧不忘》及《口耳相傳的香港鬼故事 II ──歷歷‧在目》內。

　　由眾多的故事中，筆者歸納出一些短篇鬼故事的「寫作法則」以供各位讀者參考。不過，由於分析所需之故，以下的部分會有嚴重劇透之內容。如果各位讀者本身有計劃閱讀上面所列的書籍，還是請你們看畢以後再讀此書以下內容。

　　大學任教的生涯令筆者戒了常人所謂「大隻講，口爽爽」，而習慣了說甚麼都講理由講證據。本書的第二章將會以上面所列之書籍作為證據，用以支持筆者指出的「寫作法則」是有根有據的。短篇鬼故事的「寫作法則」大致如下：

- 法則一：日常生活作故事背景
- 法則二：大眾臉的主人翁
- 法則三：普普通通的恐怖角色
- 法則四：未完之事作結局
- 法則五：就是要你相信我

法則一：
日常生活作故事背景

綜觀香港短篇鬼故事之敘事，它們大多都選了日常生活的場景作故事發生的背景，而沒有抽離現實極遠的世界觀。何謂「抽離現實極遠的世界觀」呢？筆者指的是大概大家都知道，現實生活沒有多大可能發生之事，例如喪屍病毒的爆發、世界末日的臨近、瘋狂科學家的實驗、遠離人煙的古堡等。

反之，在香港短篇鬼故事的敘述中，故事往往都是以日常生活的場景作為背景。例如在大學流傳的鬼故事中，敘事背景是飯堂附近的路、宿舍裏的房間、休憩地的鞦韆架等；在電台收集的鬼故事中，敘事背景是待售的樓盤、球場後的山坡、酒店走廊盡頭的房間等；在網路流傳的鬼故事中，敘事背景是學校圖書館、頂樓女廁、屋村升降機等。

故事裏多半亦沒有天馬行空的劇情，故事主人翁遇上恐怖事件的場景，是大多數人日常生活的場景。例如步行到大學飯堂的時候遇上女鬼、在大學宿舍遇上舊生亡魂、小孩們在家中做功課時遇上凶宅怨靈、在球場踢球時遇上猝死球員、在學校圖書館幫忙執拾書籍時遇到已故學長、在學校閒聊時興起要到廁所探險卻遇上鏡中惡鬼等。

在右頁的表格內，筆者整理出十九個香港短篇鬼故事當中的故事發生場景。它們來自不同的來源，包括有大學流傳的、電台收集的及網路流傳的。大學流傳的鬼故事來自林舟的學術論文，電台收集的鬼故事來自梁彥祺的《現靈記 2 之恐怖十大》，網路流傳的鬼故事來自香港討論區的《香討鬼故》。

故事發生場景一覽

故事名稱	發生場景
大學流傳的鬼故事[1]	
一條辮路	大學飯堂附近的路
牛尾湯	大學宿舍裏的房間
蓮池	大學蓮池
小指	大學內的停車場
111 室	大學宿舍
電台收集的鬼故事[2]	
澳門酒店，三更鬧鬼	澳門某酒店房間
二手車銷售員	二手車、車行店舖
男子離奇墮海自殺	自殺男子的家
校園神秘凶鏡	香港某中學洗手間
荃灣超級凶宅	香港某區的住宅
地產代理招魂惹鬼	香港某區的屋苑
觀龍樓知名猛鬼地	西環名為觀龍樓的公共屋邨
情侶遇邪花	故事女主角身上
德福經典五屍命案	九龍灣德福花園內某住宅
經典復活重生	圍繞曾目睹怪嬰的人之生活
網路流傳的鬼故事[3]	
圖書館	某中學圖書館
西瓜波	某中學的體育室
倒豎蔥	某中學的頂樓女廁
後面嗌你	位於香港九龍的摩士公園

　　正如筆者在上一節所述，將故事背景寫得貼近日常生活的環境是希望令讀者感到原來日常生活亦暗藏危機。一般人在生活的時候多數受唯物主義所影響，不會想到鬼，不會以靈異事件的視角去解釋生活中的事。

　　香港短篇鬼故事這種敘事手法，就是要告訴你：「不！鬼就在我們的日常生活之中！」這些故事就是要告訴你：「靈異的事不發生在陰森的古堡，而是我們日常生活的場合！」這些故事像是在警告你：「稍有不慎，我們就會遇上靈異的事！或是在屋苑樓梯間，或是在辦公室，甚至有可能在家中……總之，就是離你不遠！」香港短篇鬼故事就是運用這種方法去嚇人。以下有兩個幾乎一模一樣，只是故事背景不同的鬼故事，不如由讀者你們去看看哪一個比較恐怖一些吧！

寫作範例：〈樓梯〉

志明擦一擦他的眼睛，伸了伸他的腰。光是這個星期都不知道已第幾次，加班時累得在工作桌上睡着了。

「咕⋯⋯」志明肚子太餓了，他忍不住擱下了手上的工作，到樓下的小店吃點東西。他走到了升降機大堂，可是等了很久升降機都沒有到。他肚子讓他失去了耐性。他心想：「七層樓罷了，走路下去吧！」於是，他便穿過防煙門，一層一層地向下走。

志明心裏沒有放下過公事，一面走一面在想明天見客時應該說些甚麼。走着走着，志明憑感覺覺得差不多到了底層。他抬頭一看，「五樓」兩個大字清楚地呈現在眼前。志明仍不以為然，心想：「也許是我想得太入神而忘卻時間吧？」更戴起耳機，開始聽着歌繼續走。大約聽了兩首歌，他再抬頭一望，頓時呆了：「五樓」。

志明心裏毛毛的，想：「怎麼會這樣?!」兩首歌聽罷都最少六分鐘了吧?! 怎麼會仍在五樓？可是，身處這種情況中深究又有用嗎？他只好硬着頭皮向下走。走了兩層之後，再抬頭一看：「五樓」，志明全身起了雞皮疙瘩。志明真的害怕了，他開始拔足狂奔。

一層⋯⋯兩層⋯⋯跑了兩層之後，「五樓」兩個字仍清楚映入眼簾。志明從梯間空隙探頭出去，看看上下數層有沒有異樣。就在他向上望的時候，他竟看見有人很快把頭縮回去。之後，他更聽到來自上層的、急速的腳步聲。志明大驚，他自問已經置身於一個不可思議的困境，不論來者是誰，他都不想知道，怕情況變得更糟。他只好一直向下跑、向下跑⋯⋯連跑帶跳的一直走⋯⋯

　　忽然，志明感到自己被追到了。可是，卻聽到一把溫柔的聲音說：「你快走！」然後，他就從後被推了一下。他滾下了樓梯，感到自己撞開了一道門。志明發現自己此刻身處公司樓下的街道上。令他震驚的是，他在門快要關上時，從罅隙中見到推他的人是誰……

　　那是一個垢面蓬頭、衣衫襤褸的自己……

寫作範例：〈山徑〉

　　志明擦一擦他的眼睛，伸了伸他的腰。近來風雨頻仍，光是這個星期都不知道已第幾次，加班時累得在燈塔裏睡着了。

　　「咕……」志明肚子太餓了，他忍不住擱下了手上的工作，到山下的小店吃點東西。他走到了塔旁小屋裏取車，可是試了很久仍未能成功發動車子引擎。他的肚子讓他失去了耐性。他心想：「一公里的路罷了，走路下去吧！」於是，他便離開車房，一步一步地在濃霧中沿下山徑往下走。

　　志明心裏沒有放下過自己的責任，一面走一面在憂心明天的天氣狀況。走着走着，志明憑感覺覺得差不多到了山腳。他抬頭一看，「五百米」的路標清楚地呈現在眼前。志明仍不以為然，心想：「也許是我想得太入神而忘卻時間吧？」更戴起耳機，開始聽着歌繼續走。大約聽了四首歌，他再抬頭一望，頓時呆了：「五百米」。

　　志明心裏毛毛的，想：「怎麼會這樣?!」四首歌聽罷都最少十二分鐘了吧?! 怎麼會仍在原地？可是，身處這種情況中深究又有用嗎？他只好硬着頭皮向下走。約聽畢兩首歌以後，再抬頭一看：「五百米」，志明全身起了雞皮疙瘩。志明真的害怕了，他開始拔足狂奔。

　　一首歌……兩首歌……跑了兩首歌的時間之後，「五百米」的路標仍清楚映入眼簾。志明回頭看看，欲估算一下自己和燈塔的距離。就在他往山上望的時候，他竟看見濃霧中有人的身影。志明大驚，他心想：「這不可能！山上就只有我工作的燈塔！怎會有人從山上下來呢？」不過，急速的、漸漸步近的腳步聲已令他沒有仔細思考的時間。志明自問已

經置身於一個不可思議的困境，不論來者是誰，他都不想知道，怕情況變得更糟。他只好一直向下跑、向下跑⋯⋯連爬帶滾的一直走⋯⋯

忽然，志明感到自己被追到了。可是，卻聽到一把溫柔的聲音說：「你快走！」然後，他就從後被推了一下。他滾下了山坡，感到自己撞到了一棵樹才停止。志明發現自己此刻身處山下的街道上。令他震驚的是，他在濃霧之中，他隱約中見到推他的人是誰⋯⋯

那是一個垢面蓬頭、衣衫襤褸的自己⋯⋯

　　如果將兩個故事比較起來，應該是〈樓梯〉的共鳴感比較大一點吧？畢竟辦公室、升降機和樓梯這些事物是我們日常生活經常接觸的，而燈塔和山徑則不然。正是這一種共鳴感，更容易讓讀者在日常生活中回想起鬼故事的內容。下一次，當你夜深人靜要走樓梯時，你或會不期然回想起志明的遭遇，當你一聽到樓上傳來的腳步聲而不禁感到害怕。由此看來，我們就能夠明白為甚麼香港短篇鬼故事的故事背景都是寫大家身邊的東西，例如飯堂、宿舍、停車場、圖書館、廁所等。

小練習

搜集資料

想不出嚇人的橋段可以怎麼辦？筆者教你一個方法：借題發揮！有興趣讀這本書的朋友，相信一直以來，你已經聽過不少鬼鬼怪怪的事吧?! 例如晚上不要晾衣服、下榻酒店不要住尾房、農曆七月不要靠牆而行等。想不出嚇人的橋段，可以試試由自己認識的鬼怪事入手並擴充。〈樓梯〉這個故事，正是以筆者聽過的怪事「鬼打牆樓梯」作骨幹而寫出來的。

寫作小貼士

1 多點做資料搜集，看看有甚麼鬼鬼怪怪的事或都市傳說正在流傳。一來擴充一下腦袋中的恐怖資料庫，二來看看能不能刺激創作靈感。

2 平日有空的時候，試試將網上看到的鬼怪事或都市傳說擴充為有劇情脈絡的短篇故事。

3 自己先檢查一下，故事有沒有漏洞，是否真的像在日常生活中有可能碰上的事情。

4 把故事假裝為真實經歷，跟朋友分享一下，看看他們的反應再作自我檢討。

嚇人其實很簡單吧！

註釋：

1. 詳見：Bosco, J. (2007) Young People's Ghost Stories in Hong Kong, *The Journal of Popular Culture*, 40.5, pp.785-807.

2. 詳見：梁彥祺：《現靈記 2 之恐怖十大》（香港：創造館，2016 年）。

3. 詳見：香港討論區：《香討鬼故》（香港：網匯科技，2016 年）。

法則二：
大眾臉的主人翁

　　讀者們可能覺得很奇怪，寫故事不是需要一個出眾的主人翁嗎？為甚麼此書會建議寫一個大眾臉的主人翁？這是因為短篇鬼故事與其他類別的作品不一樣。共鳴感在其他類別的作品之中不一定是必須的，例如你不一定要與喬峰的身世有共鳴，才能夠細味他在身份認同上的掙扎；你不一定要與李尋歡遇上一樣的好兄弟，才理解他情路上讓步之苦。

　　短篇鬼故事不一樣的地方是其寫作手法，作者就是要利用共鳴感的產生，而擴大讀者驚懼的感覺。不只是要令人讀的時候感害怕，更是要令人閱後也難以忘懷，在遇上差不多的情景時再觸發恐懼感。各位讀者試想想：你在閱讀一個鬼故事，當中的主人翁是救世主型的人物，在故事裏帶領着一群人去對抗惡鬼。（説着……説着……怎麼好像某部叫《回 X 夜》的電影……）你覺得你會對故事主人翁產生認同，並認為自己有可能遇上故事裏所述的事情嗎？

心理學小知識

　　所謂「認同」，那是指個人與他人、群體或模範人物在感情上、心理上趨同的過程。凡是人們對他人的情況表示同情，或能體會他人的感情經驗，或待人如待己者，都可稱為認同。

資料來源：《簡明文化人類學詞典》

　　因之，在主人翁的角色設定方面，香港短篇鬼故事中的主人翁往往都只是普通人，如大部分的讀者一樣都是一般民眾（筆者明白各位讀者，每一個人都是獨特的，這裏只是說我不相信蝙蝠俠、蜘蛛俠、超人等超級英雄會看我的書……請不要誤會）。《流浪者梅莫斯》（*Melmoth the Wanderer*）的主人翁有着出賣靈魂換長壽的祖先、《德古拉》（*Dracula*）的主人翁是受命處理德古拉伯爵的房產事宜的公證人、《魔女嘉莉》（*Carrie*）的主人翁是具有念動力的女生。他們不是非凡的人，就是面對非一般遭遇的人。

　　然而，在香港短篇的鬼故事中，故事中的主人翁是大學生（大學流傳的鬼故事）、中學生（電台收集的鬼故事：校園神秘凶鏡、網路流傳的鬼故事：圖書館、西瓜波）、地產經紀（電台收集的鬼故事：荃灣超級凶宅、地產代理招魂惹鬼、德福經典五屍命案）等。這些人物都是普通人，跟一般的讀者的身份非常相似。當主人翁有如此的人物設定，讀者就非常容易對其產生認同感，從而體會主人翁所體會的，感受主人翁所感受的，更重要是驚懼主人翁所驚懼的。

故事主人翁一覽

故事名稱	主人翁人物設定
大學流傳的鬼故事	
一條辮路	男學生
牛尾湯	一對學生戀人
蓮池	一男一女大學生

故事名稱	主人翁人物設定
小指	學生
111 室	進行瘋狂實驗的男生
電台收集的鬼故事	
澳門酒店，三更鬧鬼	因公幹要到酒店下榻的職員
二手車銷售員	二手車推銷員
男子離奇墮海自殺	墮海男子的家人
校園神秘凶鏡	香港某中學舊生
荃灣超級凶宅	地產經紀
地產代理招魂惹鬼	地產經紀
觀龍樓知名猛鬼地	曾住在觀龍樓的居民
情侶遇邪花	一名下降頭的女士
德福經典五屍命案	地產經紀
經典復活重生	怪嬰目睹者（當時為踢球的小孩）
網路流傳的鬼故事	
圖書館	學生
西瓜波	學生
倒豎蔥	學生
後面嗌你	學生

　　接着有兩個不同的鬼故事，當中主人翁人物的設定並不一樣。你會更容易認同哪一個角色呢？

寫作範例：〈第七夜〉

夜晚十一時半，夜色迷濛，月亮的光變得分散，好像有一層霧遮蓋着。

這天秀賢感到累壞了。他一心只想撲到軟綿綿的床鋪上，好好地睡一覺。他抄捷徑走過屋村旁偏僻的後巷，希望早點回到家中。天色昏暗，後巷又只有疏落的街燈，秀賢心裏不禁感到毛毛的。走着走着，巷子靜得彷彿連自己的腳步聲也聽不到。秀賢走得更急了。在巷尾的角落，他看見一個熟悉的背影，這才令他放下心頭大石。背影的主人叫家聰，是秀賢的中學同學。

「喂，家聰！很久沒見了，近來生活如何？」秀賢拍家聰肩膀問道。或許忽然被人拍其肩膀，家聰嚇了一跳。「咦？秀賢？我……不過不失啦……像以前一樣……」家聰怯懦地回答。

難得見到舊友，秀賢忽感精力充沛。一直大講昔日往事，包括一起在課上睡覺的無聊日子、運動會更衣時偷走了同學的褲子、中同聚會的歡樂時光等。秀賢也忍不住嘆息生活逼人，成為上班族之後大家像是各散東西，都沒有甚麼機會見面。

言談間家聰十分被動，問一句答一句，更是一直面有難色。秀賢心想：「眾多中學舊友中，家聰在職場上最為失意。或許是工作上有困難吧？」於是，秀賢豪爽地説：「家聰！有需要就告訴我！我跟上司算是關係良好，或能在工作上助你脱困。」家聰嘆了口氣，只回了一聲：「嗯……」就這樣，二人在這種尷尬的氣氛下走着，家聰突然在便利店不遠的前方停下來。

家聰變得神色凝重，就像換了一個人一樣。他突然問秀賢，道：「上星期的事，你都不記得了？」

「家聰你幹嘛？忽然這麼認真？」秀賢不以為然地反問家聰。

「沒有甚麼……」家聰說。

「難得遇上了，不如到我家打機吧！」秀賢見家聰神色有異，希望為他打打氣。

「不！不了！」家聰拔腿就跑。

秀賢擔心家聰，只好硬着頭皮追上去。誰知家聰是越叫越走。秀賢趕到了屋苑大堂，見家聰在升降機裏不斷地按關門鍵。秀賢很想跟家聰多談兩句，關心一下他。一時間顧不得那麼多了，伸手就把門擋住。見到秀賢進入升降機，家聰的臉色是說不出的難看。在升降機內，家聰一直不發一言。縱然秀賢一直在引入話題，家聰就是故意不理會秀賢，把他當作透明似的。秀賢雖關心老友，但家聰的反應只好使其知難而退。家聰走出升降機後，秀賢唯有目送他回家。

回到自己家中後，秀賢看到母親在沙發睡了。秀賢走近母親時，見到她睡着前正在看自己小時候的相簿。他又見到母親為他準備了滿桌子的餸菜，有蛋、有魚和一些他喜歡的小菜，秀賢感到很窩心。他不願叫醒母親，但又怕她着涼，於是便回到自己的房間拿毛毯給母親。

回到房裏，發現自己的工作桌上有一份報紙。秀賢覺得好生奇怪，因為他家都是看網上新聞而不買實體報紙的。或許是有特別的事發生了，母親才買報紙回來。他先把毛毯拿出去替母親披上，再回來仔細閱讀一番。

剛回到房中，秀賢看見那是上星期的報紙。翻閱時赫然

見到港聞版上印有自己的照片，而標題寫着：〈顧家好兒子連續工作十六小時後猝死〉。剛醒來的母親則在客廳中嚎啕大哭：「我兒呀！你終於回來看我了！」

鬼文化小知識

　　〈第七夜〉寫的是俗稱「頭七」的回魂夜。「回魂」之説，是千百年來的華人的傳統觀念，相信人死後會回家，看家人最後一面，然後上路。食物餐單方面通常包括：連殼的鴨蛋、多骨的魚、蒸蛋，以及逝者生前喜愛的食物。

　　詳見：潘啟聰、施志明：《鬼王廚房》。（香港：中華書局，2020）

寫作範例：〈老朋友〉

「唉！見鬼了⋯⋯怎會這樣靈光？」阿賢在嘮叨着：「彩票又未見我中過⋯⋯」

十分鐘前，阿賢在升降機中，正在小心翼翼地順網上抄下來的次序按着樓層按鈕。到四樓了⋯⋯按二字⋯⋯到二樓了⋯⋯按六字⋯⋯到六樓了⋯⋯又按二字⋯⋯到二樓了⋯⋯按十字⋯⋯阿賢心裏十分害怕，因為下一次按鍵非常關鍵。網上的傳言說到了十樓之後，就要按五字。當到達五樓後就可能會有一名年輕女子進入升降機。

一星期之前，阿賢的朋友阿軒在同一部升降機裏，正在做着同樣的事情。之後，阿軒就不知所蹤。各大傳媒都爭相報導此事，分析阿軒在升降機裏的種種行為，並稱此事為「港版藍可兒」事件。網路上瘋傳不知從哪裏傳出的閉路電視短片和截圖。阿賢與阿軒自初中就相識，知道他既沒有精神病，也沒有濫藥和酗酒的習慣。網路上很多編得合情合理的分析其實都是不實的。阿賢留意到阿軒在升降機到五樓之前都表現正常。到達五樓之後，直到他消失期間，阿軒的行為才表現得怪怪的。阿賢思疑一定是在升降機到達五樓後出現了異樣，他才會有此表現。為了一位相識近二十年的好友，阿賢決定去把阿軒找回來。

想着想着⋯⋯升降機門開了，牆壁上棕色的「五樓」二字映入眼簾。一秒⋯⋯兩秒⋯⋯三秒⋯⋯升降機門要關了，沒有人進入升降機。阿賢心裏百感交集，一方面因自身安全而感放心，另一方面因未有異樣而感失望。心裏正在想要不要再來一次時，門外有一隻白皙的手把正在關上的門擋下。如網上的傳言一樣，有一名年輕女子進入了升降機。

　　阿賢努力地回憶起網上的指示，心裏反覆地說着：「不要看她，不要和她說話……不要看她，不要和她說話……」就在這時候，那女子開口了。一把似有還無的聲音幽幽地說：「你要去哪裏？」阿賢大驚，沒有回答她。那女子又問：「你來是要幹甚麼？」阿賢繼續低下頭，不理會她，照網路上指示按下一樓。此時，升降機竟向上攀升。那女子開始提高聲量：「你要把自己的命都搭上嗎？」更把她的臉湊過來。阿賢緊閉雙眼。那女子的嘴彷彿在他的耳邊，問了他一個問題。

　　到十樓了，阿賢拼命衝了出去。他知道他到了目的地，因為他從走廊的窗看見了暗紅色的天空。阿賢忍不住嘆氣道：「唉！見鬼了……怎會這樣靈光？彩票又未見我中過……」他步步為營地在此處探索，始終這是一個未知的世界。阿賢在走廊慢慢地走，每經過一個單位都會從鐵閘的罅隙一窺內裏情況。阿賢看到每一個單位裏都有一個「戶主」，他們都在經歷一件重複發生的事件，最後他們都傷心得抱頭痛哭。快到走廊盡頭了，阿賢整理一下自己的思路，似乎每一個單位內的人都在反覆地經歷一件他們感到最傷心最後悔的事。他不禁問：「難道這裏就是地獄嗎？」

　　到了走廊盡頭的房間，他終於見到阿軒。室內的情景竟是他們中學的環境。阿賢知道發生了甚麼事。有一次，他們二人一起犯了校規，被老師斥責。阿賢主動把責任扛下來，被記大過。那次阿軒默不作聲。自此以後，阿賢都不太愛回校，中四便輟學。阿軒一直都覺得是自己的責任。只是都已經這麼多年了，阿賢沒有想過這事竟是他這位老朋友一生中最後悔的事。

　　阿賢二話不說，衝入去把阿軒拉出來。甫一離開單位，阿軒好像夢醒了一樣，問：「阿賢？這是甚麼地方？我們怎

麼會在這裏？」阿賢忽然聽到剛才升降機中的女聲，尖聲叫道：「你到底來是要幹甚麼？」、「你要把自己的命都搭上嗎？」、「你以為可以離開這裏嗎？」人雖未見，但尖叫聲越來越近。阿賢把阿軒拉去升降機大堂，邊走邊向他解說。升降機是他們唯一的出路。

就在尖叫聲的主人抵達之先，升降機終於趕到了。阿賢和阿軒撲了進去，立即按下關門鍵。阿賢又小心翼翼地順着之前抄下來的次序按着樓層按鈕。阿軒的心安了下來，說回去後要和阿賢去吃一頓豐富的。升降機門開了，阿賢一腳把阿軒踢個滾地葫蘆似的。阿軒邊罵邊回頭望阿賢：「衰人！不是說請你吃飯嗎？」他看見門正在關上。阿賢說：「下次能見面時再說吧！兄弟！」而一名令人感毛骨悚然的女子正搭着阿賢的肩膀。

原來，在升降機內女子問的是：「為朋友，一命換一命，你願意嗎？」

都市傳說小知識

〈老朋友〉改寫自名為〈最危險的遊戲〉的都市傳說。〈最危險的遊戲〉源自韓國，副標題是「乘電梯去另一個世界」，在二〇一五年忽然流傳開來。故事情節大致上是藉某種抵達不同樓層的先後次序，最後打開通往另一個世界大門。

詳見：潘啟聰、施志明：《香港都市傳說全攻略》。

（香港：中華書局，2019。）

比較兩個故事的主人翁，前者是普通「打工仔」一名，後者是一位願意為朋友赴死的人。相信要說「感同身受」的感覺，打工仔、生活逼人、工作勞累等的設定，讀者會更容易產生共鳴吧？

另一個故事則是以願意為朋友涉險挑戰都市傳說，甚至最後為其赴死的人作為故事主人翁。嗯……如果是關二哥讀此故事，相信他對主人翁的認同感會比大家多一點吧？

大眾臉的設定有學術根據啊！

在二○○六年，海法大學（University of Haifa）傳播系教授科恩（Cohen, J.）發表了一份名為〈觀眾對於媒體角色之認同〉（Audience identification with media characters）[1]的文章。在該文章之中，科恩指出了甚麼是「好」故事的最重要條件。

按照科恩所述，不論是文字作品、電視劇，還是電影，要令到故事能夠取悅觀眾，它們必先要能引起觀眾的興趣。因為當觀眾們專心注意故事發展及人物遭遇時，觀眾才能夠將自己抽離現實，投入到故事世界裏去。只有如此，觀眾們才更有可能感受到作品帶來的歡娛快樂。

投入感是一個「好」作品的重要標準。當作品越是能夠令觀眾投入其中，觀眾就越是能夠抽離現實世界，更加能夠把自己投入到故事之中，去感受那個世界的新奇和刺激。

由此看來，若一個故事有能力令讀者在閱讀時，感到故事裏的世界比現實世界更為真實，那就可算是科恩理論裏非常好的作品了。

既然投入感如此重要，那麼如何提升讀者對故事的投入感呢？要增加讀者的投入感，角色設定是關鍵。科恩指出，當讀者越是感到自己與故事角色相似，又或者讀者覺得角色有可愛或可憐之處，這樣都會提升讀者對角色之認同感[2]。

可見，科恩的理論支持筆者所提出的法則二：大眾臉的主人翁。如果你想創作一個能令讀者忘掉現實世界，繼而投入恐怖故事世界的好故事，你就不能夠創作一個以非凡人物為主角之故事。

拯救人類的大英雄、法力高強的道士、治療喪屍病毒的科學天才，都不會是你構思主角設定的方向，因為大多數的讀者都不會把自己投入在這種主角之中。

　　大眾臉的主人翁──猶如大多數人一般的主角，才有可能令你的讀者投入你所創作出來的恐怖故事世界，想其所想，感其所感；只有這樣的主角設定，你的讀者才更有可能感受到作品帶來的恐懼。

小練習

構思人、事、時、地、物（五何）

各位讀者們，你們一定要緊記一點：世上沒有最恐怖的鬼故事，只有「對機」的鬼故事！

上文借用了一個佛教的用語——「對機」。根據《佛光大辭典》，「對機」指相應受教者（機）之能力、根機，而施以各種說教。筆者借用這概念，是希望指出同一個鬼故事，有人會因為能投入其中而感十分恐懼，有人會因為未能投入其中，而沒有太大感受。因此，對文員講文員遇上的鬼故事、對學生講學生遇上的鬼故事、對消防員講消防員的鬼故事……如此類推，這才能夠令到讀者更加投入其中。

為了訓練自己經常有「存貨」去嚇人，不妨試一試以下的練習！

先定一個恐怖故事的主題，再寫出可能的人、事、時、地、物（五何）。當將來你有需要講或寫鬼故事的時候，你就可以隨時在腦海中選取合適的配搭了。假設故事主題為恐怖升降機，會有哪些可能的人、事、時、地、物？

故事主題：恐怖升降機	
五何	詳細內容
人	文職人員可以嗎？ 老師可以嗎？ 醫院職員可以嗎？
事	乘坐到不存在的樓層可以嗎？ 有鬼走入升降機可以嗎？ 反覆上升下降可以嗎？
時	早上恐怖些？ 晚上恐怖些？
地	工業大廈可以嗎？ 學校可以嗎？ 醫院可以嗎？
物	涉及燈光停電可以嗎？ 涉及樓層控制版失靈可以嗎？ 涉及升降機內的鏡子可以嗎？

問 現在輪到你了！先設定一個故事主題，然後構思會有哪些人、
事、時、地、物吧！

故事主題：_____	
五何	詳細內容
人	
事	
時	
地	
物	

註釋：

1. Cohen, J. (2006) Audience identification with media characters, in Bryant J. & Vorderer P., *Psychology of Entertainment*, eds, Mahwah, NJ: Lawrence Erlbaum Associates, pp.183-198.

2. 同前註。

法則三：
普普通通的恐怖角色

　　如果沒有讀過這本書，筆者相信很多人寫鬼故事時，一定嘗試盡能力把故事中的恐怖角色寫得有多恐怖就多恐怖。因為，他們可能一心想着：「要嚇人嘛！不把角色寫得極其恐怖，又如何能夠做到驚嚇效果呢？」於是，就總想在恐怖角色身上加些這個、加些那個，結果恐怖得連撒旦都打不過。可是，這樣的故事真的能嚇人嗎？

　　都已讀到這裏了，相信聰明的讀者一定可以猜到筆者的答案了。如果故事寫得引人入勝，閱讀的時候或會感到驚慌。不過，驚慌的感覺大概會止於閱讀完結的時候。為甚麼筆者會認為普普通通的恐怖角色會比較好呢？綜合筆者一直以來對於短篇鬼故事寫作的論述，有幾個重要的元素：生活化、產生共鳴感、對身處的環境疑神疑鬼、將閱讀產生的恐懼延伸至現實生活裏去。

　　各位讀者試想一想，如果故事中的恐懼角色過於浮誇，令讀者感到他完全不可能在現實中遇到，這樣就不能夠產生上述的心理反應了。

　　如果故事情節是主人翁在石硤尾某十字路口偶遇地獄之主撒旦，繼而觸發了一連串的恐怖事件，你覺得你自己有可能遇上嗎？如果是一個住在公共屋邨的主人翁，在大廈的梯間遇上被劫殺而死的怨靈，因之發生了後續的恐怖事件，你覺得遇上哪一個的可能性會大一點呢？

鬼文化小知識

　　要嚇人，都要留意文化差異！剛才提到了撒旦，大家也許對他的故事都已經耳熟能詳。可是，大家構思故事時也要留意讀者或聽眾的文化背景。以中西方為例，中國的宗教世界觀與西方的大有不同。

　　在中國的宗教世界觀，天道的運作是沒有意識的，它更像是一種定律。正如地球因有地心吸力而物件就要向下掉一樣。天道是善，所以善有善果，惡有惡報，是自然而無任何力量能夠改變。故此，在中國人心目中，能避過天道的賞善罰惡，永恆地存在於世上而搗亂人間的「妖魔鬼怪」自然亦不存在。所以，在中國的傳說中，你是難以找到能與撒旦匹敵的「妖魔鬼怪」呢！

詳見：潘啟聰、施志明：《香港都市傳說全攻略》。

（香港：中華書局，2019）

　　這種寫作方法並不是筆者信口雌黃，而是在不少的香港短篇鬼故事中均可以見到的手法。後頁表格所列，就是不同短篇鬼故事的恐怖角色設定。

故事的恐怖角色一覽

故事名稱	恐怖角色
大學流傳的鬼故事	
一條辮路	意外身亡的女鬼
牛尾湯	女鬼
蓮池	自殺身亡的女鬼
小指	遇上車禍的女鬼
111 室	實驗失敗的男生
電台收集的鬼故事	
澳門酒店，三更鬧鬼	兩女鬼，被殺後再被肢解
二手車銷售員	車主鬼魂
男子離奇墮海自殺	男子父親前女友鬼魂
校園神秘凶鏡	洗手間內的一面鏡子
荃灣超級凶宅	一家六口自殺後的鬼魂
地產代理招魂惹鬼	戶主在單位中供奉的古曼童
觀龍樓知名猛鬼地	因山泥傾瀉而身亡的鬼魂
情侶遇邪花	有人想搶走女主角男友而對她下降頭
德福經典五屍命案	女孩的鬼魂
經典復活重生	大頭怪嬰
網路流傳的鬼故事	
圖書館	因車禍而死的男生鬼魂
西瓜波	小孩子的鬼魂
倒豎蔥	男人鬼魂
後面嗱你	女鬼

　　各位讀者可以見到，在眾多的香港短篇鬼故事之中，沒有誇張的恐怖角色。打開《山海經》、《西遊記》、《聊齋誌異》等書，難道當中所寫的妖魔鬼怪還少嗎？讀者或許會想，那些作品中的恐怖角色，今日已不能成為故事題材，它們都 Out 了。如果故事寫有人在升降機內遇上白骨精而被殺害，誰又會感到害怕呢？

　　看《德古拉》的時候，也許會因為驚險的情節（文字作品）、衝擊性的畫面和悉心配置的背景音樂（影視作品）而感驚慌，可是誰會思疑自己在夜晚扔垃圾時，在梯間遇上這位吸血伯爵而感害怕？看喪屍電影時，大家都曾被那些咆哮着走過來咬人的喪屍群嚇過吧？可是，誰又會在加班後的回家路上，害怕自己會見到一群已然腐爛的遺體，撲在自己身上啃咬呢？其實，從這個角度看來，白骨精、德古拉和喪屍都是一樣的。（筆者猜讀者會感大驚：竟然？）

　　對呀！都是一樣的，在讀者心目中都是一樣的。或者，作為恐怖角色它們是富有魅力的，可是大家都心知肚明它們壓根兒不可能存在。由古至今那麼多死去的人，世界上不可能有白骨修成的妖精，不然的話滿街都是白骨精了。假設吸血鬼每日只吃一餐，除非他在紅十字會偷食，否則每年都會有三百六十五個人因被咬而變成吸血鬼了。至於喪屍，在街上碰到喪屍，然後被他們追個筋疲力竭，這絕對是電影中才會出現的情節！人死後一個月左右，屍體會出現屍僵和腐爛現象，軟組織更會液化消失而僅存屍骨！

　　如你採用這些恐怖角色，縱然你把故事寫得有多精彩，恐懼的感覺只會始於閱讀亦終於閱讀。難以在閱讀後，因為遇到相似的情境而回想起故事內容，繼而在現實裏延續恐怖感覺。後頁是兩個不同的例子，讀者也可以將它們比較一下。

寫作範例：〈鏡〉

我自小對鏡都有一種莫名其妙的恐懼。

或許是因為小時候看過的恐怖電影吧？又或許是因為發過的惡夢吧？總之不太記得了。我一向都不喜歡照鏡子。尤其在夜晚上廁所的時候，我幾乎會先把屋子裏的燈全都開着了，我才會走進廁所裏去。小時候，我住的地方是舊式的廉租屋。廁所很小，只有掛在牆上的一面小鏡子。我上廁所時習慣性地不會照到鏡子，但卻會從側面一直盯着它，彷彿是怕有甚麼會從鏡子裏走出來。每一次上完廁所之後，我都會小心地確保門被關上。所以，婚後搬入現在的居所時，見到洗手盤上有半幅牆是入牆的鏡子。我起初感到非常不習慣呢！

有一次，因為公幹的原故，我獨自一人到台北去了。由於可報銷的旅費有限，所以沒有訂甚麼星級酒店，只選了商務旅館下榻。旅館外型比較舊，位於一排舊樓宇的中間，內部的裝潢則是簇新的。我猜這旅館應該是我們香港所謂的舊樓活化產物吧？進入房間，一切看起來都很乾淨整潔，只有廁所美中不足。廁所是全密閉式的，不要說小氣窗，就連半扇透光的窗都沒有。呼吸起來，廁所裏的空氣有點潮濕悶熱。當然，裏面還有我最不喜歡的東西：一面大鏡子。

第一日抵台，拖着行李箱逼公共交通工具，到了酒店已經很累。準備和預演一下第二天的口頭報告後，就不想做些甚麼了。晚上就到了樓下的餐廳點了餐，外帶回房間吃。吃完洗個澡後就跳進被窩休息，我累得連一個電視節目都沒有看完，就呼呼大睡了。每次因公幹來到台灣，由於老婆大人不在旁，我都會放肆一些。不要想歪唷！就只是貪杯而已。夜半上廁所的時候，望着面前這面大鏡子如廁，心裏總是毛

毛的。望着……望着……無事！還不是自己嚇自己。如廁後便飛快回到被窩裏睡覺。

第二日，我如計劃到達會議場地去作口頭報告。自問報告表現尚算可以，於是在會議結束後到旅館附近夜市逛逛。那一晚心情非常好。在夜市裏擲鏢贏得禮物，晚飯時又多喝了兩杯。近十一時左右，我便帶着愉快的心情、疲倦的身軀和微醺的狀態回旅館去。回到房間，由於天氣十分熱，滿頭滿臉都是汗，於是便先去洗個臉。望着鏡裏的自己，回想起日間的表現，心情愉快地對自己笑了笑。不知道是否受酒精影響，總覺得鏡裏頭的自己無論是眼神和笑容，都跟平日裏的自己有點分別。鏡中的我，眼神是帶點敵意的，笑容是詭異的。我醉意全消，心裏安慰自己那一定是錯覺。我拿出洗臉膏洗個臉，讓自己清醒一點。可是接下來發生的事，令我覺得如果這一晚是醉着過的，那有多好！

洗臉膏都塗滿臉了……

彎下腰……

用水注滿雙手……潑洗……

四周的感覺令我覺得很不舒服……

你有沒有曾經被人從後注視的感覺？

說不出為甚麼會知道，但就是感到自己被盯着了……

這一刻……就是這種感覺！一股寒意從心底裏湧出來……

我趕緊把泡沫都清洗乾淨，想四周看看。

就在我抬頭之時，雖然只是匆匆一瞥，但我清清楚楚地見到鏡中的我不是跟我一起把頭抬起的。由鏡中我的姿勢看

來，我在彎腰時「他」一直在站着，向下望着我洗臉。就在我和「他」四目交投之時，我有一個非常強烈的感覺。那不是我自己的眼神，而是一個陌生人的眼神，更是一個有敵意的眼神。我不敢再望「他」了，頭也不回地離開了廁所，並把門用力關上。那一夜，我一整晚都沒有睡，間中就望一眼廁所門口。待第二天烈日當空時，我才敢去洗個澡，然後就立即退房了。

我至今都不敢想像，如果那晚我沒有發現「他」的異樣而有所警惕，我最後到底會遇上甚麼事呢？

寫作範例：〈瑪麗〉

「喂！你有沒有用心聽清楚啊？」子晴問道。「這不是孩子在玩泥沙！我們好歹在試玩都市傳說。」

「知道了。我把 Wiki 上的資料都看了一次。」雅莉回答說。「傳說在黑屋中的鏡子前叫她的名字三次，便可以在鏡中看到她的倒影。據說召喚成功者可以預見未來嘛。」

嘉雯膽怯地說：「真的要試嗎？網頁上的資料說，參加者有可能會遭受血腥瑪麗對其尖叫、詛咒、勒頸、攝魂和吸血，甚至是挖眼。不如趁早放棄啦！」

「你不是怕吧？網頁上也說血腥瑪麗有時會害人，但有時會相安無事。」雅莉嘲諷着。「你平時常常說自己好大膽。假的嗎？」

「到底現在我們要不要挑戰這個都市傳說？」淑儀不耐煩地問。「玩就玩！不玩就各自回家！」

「誰會怕？試就試！」嘉雯明顯心裏不爽，反詰雅莉：「你這麼大膽，就你做念咒語的。我們在廁所門口等你。」

一向勇字當頭的雅莉不願被小看：「去便去！誰會像你一般，又話要試玩都市傳說，又只作壁上觀！」

於是，雅莉就按照網頁上的資料，孤身一人拿着蠟燭走進黑漆漆的渡假屋浴室。子晴、淑儀和嘉雯立即伏在門上，只聽到雅莉念念有詞：「我相信血腥瑪麗！」在她念誦三遍以後，浴室內就再沒有聲音了。

子晴、淑儀和嘉雯把聲浪壓下，商量要不要闖入浴室看看雅莉情況如何。

就在這時候，雅莉在浴室內大叫：「你……你別過來！」然後，浴室內又傳出了打跌東西的聲音。子晴、淑儀和嘉雯大驚，趕忙打開浴室門。可是，門就是打不開。三個女孩子正要急到哭出來的時候。門鎖忽然可以扭動了。三個女孩子冷不防門突然能打開，全都跌在浴室地板上了。

雅莉就坐在浴缸邊指着她們哈哈大笑，還問了一句：「這麼心急把我弄出來，剛才驚慌嗎？好玩嗎？」三個女孩仍驚魂未定，雅莉又嘲笑道：「怕，就別玩嘛。」之後就施施然走出了浴室。

三個女孩子被嘲笑，恨得咬牙切齒的，心裏盤算着如何作弄一下雅莉。

臨到睡覺的時候，雅莉嚷着要去洗澡。三個女孩子覺得作弄她的時機到了。

子晴故意說自己內急，問雅莉是否介意她入內。

雅莉說不介意，因為有浴簾圍着浴缸。

子晴走入浴室，假扮如廁。其餘二人則攝手攝腳地一起入內。她們計劃嘉雯和淑儀去偷走雅莉的衣服，然後三人一起關燈離開。

誰知，嘉雯和淑儀打算伸手去偷衣服時，雅莉忽然說：「人都多大了？別小孩子氣，去偷人家衣服啦！」她們三人感到十分奇怪，浴簾是不透光的膠質布料，雅莉是怎樣知道的?!

這時候，雅莉又說：「別一臉目瞪口呆的表情了，我是從鏡子裏看到的。」

子晴、淑儀和嘉雯心裏更是感到奇怪了。從浴簾後望過來根本看不到鏡子，更不要說看見鏡中倒影了。

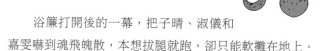

雅莉一面緩緩地打開浴簾一面說：「有甚麼好出奇？唔⋯⋯怎麼說才容易令你們明白呢？鏡子可是我的主場唷！」見到子晴、淑儀和嘉雯的表情，雅莉嫣然地笑了。

浴簾打開後的一幕，把子晴、淑儀和嘉雯嚇到魂飛魄散，本想拔腿就跑，卻只能軟攤在地上。

明明雅莉正慢慢地向她們步近，卻有另一個雅莉泡在浴缸裏。浴缸裏的雅莉已經是一具屍體，頸喉位置有一個很深的傷口，整個浴缸內都是她的血！

隨着雅莉的步近，一股強烈的血腥氣味湧進三人的鼻腔。

雅莉帶着詭異的微笑，在她們的耳邊一隻一隻字慢慢地說：「怕‧就‧別‧把‧人‧家‧弄‧出‧來‧嘛！」

此時，浴室的門慢慢地關上。

三日後，業主來收回渡假屋的時候，滿口埋怨地說：「現在的年輕人真無責任感，不辭而別就算了，整個浴室都是一股腥臭味，怎樣清潔都揮之不去，唉！」

　　比較兩個鬼故事，相信後者對讀者的衝擊較小。一、血腥瑪麗到底是否存在這問題，相信在讀者心目中的答案是傾向否定。二、挑戰都市傳說這種行為只有極少數人會做，難以引起一般讀者共鳴。

　　為甚麼要寫普普通通的恐怖角色（最簡單來説──鬼魂）呢？因為在自小耳濡目染的情況之下，一般比較多人接受鬼魂的存在，又或者抱有半信半疑的心態。在聽／讀鬼故事的衝擊下，聽眾／讀者思疑自己有可能遇上故事內的情節，就成為了可能之事。在短篇鬼故事寫作的領域上，毫無疑問地獄之主、血腥瑪麗、吸血伯爵等富有魅力的角色，都是敗在普通鬼魂的手下呢！

鬼文化小知識

　　若在互聯網上走一圈，大部分召喚血腥瑪麗的儀式都是在鏡子面前做的。賓夕法尼亞州立大學美國研究系的教授比爾・艾利斯（Bill Ellis）在其《路西法冒起》（*Lucifer Ascending: The Occult in Folklore and Popular Culture*）一書中，有另一個版本。在艾利斯描述的版本，要遇上血腥瑪麗，你就要去到她在印地安納州北弗農（North Vernon）的墓地呢！

　　詳見：Ellis, B. (2004) *Lucifer Ascending: The Occult in Folklore and Popular Culture.* Lexington: The University Press of Kentucky, p.112.

普通鬼魂不「普通」

　　雖然只是「普通鬼魂」，可是在角色設定上並不「普通」。作為故事裏的恐怖角色，它們同樣具有一些未可知的能力，足以加害甚至殺死故事的受害人。只是它們不如長篇小説的作品般，屬於一些天馬行空的角色。短篇恐怖故事中，沒有瘋狂科學家製造出來的科學怪人，沒有病毒爆發而出現的喪屍，也沒有住在古堡千年的吸血鬼伯爵。

　　短篇恐怖故事的恐怖角色，多數就是民間信仰中最常提及的角色。通常是一些常人死後的靈體，如辮子姑娘、凶案的受害者和女廁內的鬼魂等。它們的角色設定未至於誇張得令讀者感到遙不可及和令人難以相信其存在；與此同時，它們也具有未可知的恐怖能力，足以引起驚奇、恐懼等情感。這種恐怖角色最有可能引起讀者驚慌的情緒呢！

小練習

角色引發情節

正所謂「台上一分鐘，台下十年功」！寫鬼故，不怕沒有讀者，最怕自己沒有貨交。按照本節所講的內容，別以為寫鬼故事好容易。（看到這裏你可能心想：得啦！普通鬼魂吖嘛！有幾難？）

各位讀者試想一想，如果你讀某一個作者的鬼故事，十個故事的恐怖角色都千篇一律是長髮女鬼，你會有甚麼感覺呢？對！如果沒有「普普通通的恐怖角色」這條法則，撒旦、巴力、卓柏卡布拉、瘦長人、血腥瑪麗……甚麼都可以選，故事才比較易寫呢！

故此，為了寫故事時有貨可交，你平時就要多留意身邊既普普通通，但又能令人感恐怖的事物，例如鏡子、冤魂、回魂等。又由於「普普通通的恐怖角色」又實在不易找，你有空的時候最好多想想它們可以有甚麼變化的地方，例如以鏡子為恐怖角色的，可以講不同的倒影、可以講被捉入鏡世界、可以講「我是誰？」的都市傳說等。又例如以回魂為恐怖角色，可以講回魂時家裏的東西自己移動、可以講回魂不肯走、可以講回魂指示將有家人死亡等。多留意、多思考就是本節的功課了。

問 試在日常生活中發掘一些可以成為恐怖角色的材料，然後就
每個恐怖角色構思兩個可能引發的情節。

恐怖角色	可能引發的情節
	❶ _____ ❷ _____
	❶ _____ ❷ _____
	❶ _____ ❷ _____
	❶ _____ ❷ _____
	❶ _____ ❷ _____

法則四：
未完之事作結局

香港短篇鬼故事的敘事方式還有一個特徵可以讓我們學習一下。與長篇恐怖故事的結構不同，香港短篇鬼故事的敘事結構往往以「懸疑」或「未完之事」作結。讓我們簡單地將兩者比較一下，譬如：

長篇小說
在《德古拉》和《科學怪人》兩本經典鉅著中，前者故事完結於德古拉整個身體化成灰塵，後者以科學怪人自言將死，身體會化為灰燼並沉沒大海之中作結局。

香港短篇鬼故事	
大學流傳	〈辮子路〉的故事至今仍在大學生之間流傳，故事並沒有以女鬼的超度升天作結束。 〈111室〉的故事中，以實驗失敗而死的男生早一晚留下「我很快就會回來」的訊息作結束。
電台收集	在〈荃灣超級凶宅〉的故事中，故事尾聲指出屋主目睹兩大兩小的鬼魂穿牆入屋。敘事終結於屋主一家遷出，久久沒有找到新住客，而非鬼魂的消失作結。 在〈德福經典五屍命案〉的故事尾聲，主人翁始終沒有弄明白女孩鬼魂是誰。在故事結局只拋下一句：「事不關己，己不勞心」。
網路流傳	〈圖書館〉的故事沒有以那名高年級同學的鬼魂找到他想看的報紙而安息作結。 〈倒豎蔥〉的故事以女廁裏的鬼魂面目猙獰地望着同學作結。

香港短篇鬼故事則大部分都沒有完整的結局。下頁的表格就整理出一些例子的敘事結構，相信各位讀者可以從中見到，故事

以「未完之事」作結並非偶爾為之的情況（劇透注意！）：

故事之敘事結構

故事名稱	敘事開端	敘事中段	敘事結尾
大學流傳的鬼故事			
一條辮路	有男學生見到辮子姑娘。	述說辮子姑娘之死因。	不少人仍然報稱見到她踱來踱去。
牛尾湯	講述一對戀人剛好入住了宿舍的上下層。	述說二人同意考試期間不見面，住在上層的女友會煮湯給男友喝，煮好後由窗口吊下給男友。	男友知道女友已死，但是每日黃昏仍有湯由窗口吊下來。
蓮池	講述一男一女相約在蓮池相見。	女孩誤會男孩爽約投水自盡。	若晚上在蓮池旁遇到有女孩問時間，答案是十時的話會被她拉下池塘。
小指	有學生晚上見到有女孩在盪鞦韆。	得悉有老師的女兒因車禍喪生，並失去尾指。	發現那盪鞦韆的女孩沒有尾指。
111室	有男生進行瘋狂的實驗。	男生因實驗失敗而亡。	男生早一晚留下「我很快就會回來」的訊息。

故事名稱	敘事開端	敘事中段	敘事結尾
電台收集的鬼故事			
澳門酒店，三更鬧鬼	敘事始於主人翁與同事在酒店房間內「被鬼壓」。	主人翁嘗試探知該酒店房間來歷，發現房間曾發生凶案。	指鬼魂十多年後仍怨氣不滅，有很大的力量。
二手車銷售員	敘事始於主人翁遇到鬼，驚惶地逃上一輛的士。	述說某輛二手車引發的靈異事件。	有認識原車主的人買下了那二手車，原因是車主的鬼魂每晚給她報夢。
男子離奇墮海自殺	敘事始於一名男子的屍體被發現，但當中疑點重重。	故事由該名男子變得古怪開始說起，敘事主要聚焦探究他死因。	男子報夢其女友，勸她忘了他。
校園神秘凶鏡	敘事始於一名男子回憶中學時，一段有關鏡子的離奇事件。	男子指他懷疑有同學被鏡子吸走。	學校將那一層修建成幾個雜物房，事件不了了之。
荃灣超級凶宅	敘事始於主人翁帶客人參觀樓盤。	一南亞裔家庭買下了那凶宅而發生了一些事故。	屋主一家遷出，久久沒有找到新住客。
地產代理招魂惹鬼	敘事始於主人翁到樓盤視察間格。	主人翁遇上了「養鬼仔」的單位而發生後來邪門的事情。	後來主人翁發現業主故意如此做以賺取下訂金額。

故事名稱	敘事開端	敘事中段	敘事結尾
觀龍樓知名猛鬼地	敘事始於主人翁述說他在觀龍樓居住時的靈異遭遇。	主人翁知悉觀龍樓以前有人因山泥傾瀉而身亡。	就主人翁的經歷而言，女鬼仍附在家中的獅子王洋娃娃上。 敘事以電台節目主持再收到另一聽眾電話，意欲講述並在觀龍樓經歷為終。
情侶遇邪花	敘事始於主人翁講述她的不幸。	主人翁後來發現她給人下降頭了。	故事只完結於主人翁回港會晤法師，希望處理好她面對的問題，未言成效。
德福經典五屍命案	敘事始於德福五屍命案之回顧。	主人翁處理顧客的放盤而遇上女孩鬼魂。	故事在結尾就連女孩鬼魂是誰也沒有弄個明白，最後只拋下一句：「事不關己，己不勞心。」
經典復活重生	敘事始於主人翁踢球時遇上大頭怪嬰。	主人翁述說其同伴下場。	故事結尾暗示大頭怪嬰還未離世。

故事名稱	敘事開端	敘事中段	敘事結尾
網路流傳的鬼故事			
圖書館	敘事始於主人翁去圖書館幫手。	主人翁遇上因車禍而死的男生鬼魂。	故事結尾指很多個早上報紙都是打開報導車禍那一頁。
西瓜波	敘事始於主人翁述說體育課時的見歷。	有學長曾遺失了體育室中的西瓜波而遇上小孩鬼魂。	那學長把西瓜波放回體育室，一定要歸還西瓜波的傳說依然流傳。
倒豎蔥	敘事始於倒豎蔥見鬼方法的解說。	主人翁的同學接受挑戰到猛鬼女廁試做倒豎蔥。	敘事以女廁裏的鬼魂面目猙獰地望着同學作結。
後面嗌你	敘事始於講述如果晚上有人叫你的名字，就不要回頭應答。	主人翁的同學有一次於晚上在公園中回頭應答了一把女聲，因而令該女鬼跟隨了他。	故事結尾指主人翁的同學找人做了一場法事後才回復正常。 敘事者在講述同學經歷後，指「天黑莫回頭，背後不是人」是千真萬確。

蔡加尼克效應

原來以「未完之事」作結束，亦可以從心理學的角度去進行解釋。提到有關未完之事（Unfinished Business）的研究，我們不能不提及布盧瑪・蔡加尼克（Bluma Wulfovna Zeigarnik，1901-1988）與庫爾特・勒溫（Kurt Lewin，1890-1947）的研究成果。

根據蔡加尼克在一九二七年一項關於回憶的實驗研究所得，比較已完成的事，個體更容易回憶起未完成的事[1]。這種效應被命名為「蔡加尼克效應」（Zeigarnik Effect）。

蔡加尼克的研究促使了她的老師勒溫提出了「需求──緊張」假設。假設指，當一個人具有一定的動機或需要時，在人的身體內部就會出現一個緊張系統，這個系統隨着需要的滿足或目標的實現就會趨於鬆弛，或解除緊張；反之，如果需要得不到滿足或動機受阻遏，這個緊張系統就會繼續保持下去，並且促使人具有努力滿足需要或重新實現目標的意向[2]。

以格式塔心理學的理論作分析，運用這種敘事結構之目的有二：第一、要令讀者印象加深；第二、故意要令讀者緊張的情緒延續下去。

一、印象加深：

順着蔡加尼克實驗的研究結論去思考，鬼故事以「未完之事」作結，或能在讀者身上產生「蔡加尼克效應」，令讀者印象加深，更容易在之後憶起故事內容。

二、情緒延續：

據勒溫的「需求——緊張」假設作分析，以「未完之事」作結，是故意要令讀者緊張的情緒延續下去。對讀者而言，從遇上靈異事件到一步步地驗證、揭曉、發現及確認，讀者慢慢地建立了一個緊張系統，希望知道靈異事件最後是怎樣被解決的。可是，以「未完之事」作為敘事的結束，正是令到這項需要得不到滿足。應用勒溫的說法去思考，從故事引起的緊張會繼續保持下去。總而言之，由於有這種敘事結構，讀者對這些鬼故事會比其他有完整結局的故事更為深刻。

接下來的兩個故事，讀者們又會覺得哪一個令你的印象更深刻一點呢？

寫作範例：〈短訊〉版本一

「志洛，你到未呀？」樂詩叫得街上的人都在看。「大家都在呆等你。」

樂詩嘆了口氣：「又是留言。」

「我好餓了。」小鏢説：「咁算啦！不如食住等啦！」

於是樂詩轉為發訊息給志洛：「喂！小鏢嗌肚餓。咁不如在 XX 美食坊等啦！食住等。食完我們去飲酒。別遲太多！」

「他會不會看你訊息？這兩天他不是 Miss Call 就是已讀不回。」小鏢投訴説。

樂詩猶豫了一會，説：「會看吧?!他好少咁無交帶。」

「早告訴他不要貪心，荒郊野外拾到靚手機?!怎會有這麼好的事？」小鏢説：「我看他的電話大概是觸屏功能有問題吧？」

「他一出市區就把自己原有的手機賣掉了。」樂詩説：「他的個性怎會聽你説？」

吃飯期間，樂詩與小鏢仍在回味兩天前在春坎角公園打 War Game 時的戰績。

「呀贊常常中槍扮無事，我就特意朝他褲襠射過去，就看他能瞞多少槍。」樂詩高興地説：「他可以不認帳的，反正我射得過癮。誰知他一槍也捱不住，大叫了起來。」

志洛姍姍來遲，樂詩和小鏢忍不住揶揄他一番。

誰知志洛不單沒有聽進去，還神不守舍地按着手機。

見到志洛臉色慘白、雙眼無神，樂詩和小鏢由略感不滿的情緒轉為憂心，竊竊私語地説：「或者是跟女友鬧翻了？」

飯後，他們一起到了附近的酒吧飲酒。二人一直在灌志洛飲酒。一來希望酒後吐真言，了解一下他在面對甚麼問題；二來希望他能藉酒精放鬆一下。事與願違，志洛不是飲酒就是在按手機。

酒過三巡，大家都喝了不少，志洛跌跌碰碰地走去洗手間。樂詩見志洛的手機留下了在桌子上，便立即拿來看。小鏢説：「解鎖密碼是他女友生日。」

解鎖後，樂詩剛看到電話畫面，志洛就回來了。小鏢仍未及開口解釋，志洛便搶回了電話，氣沖沖的走了。小鏢見樂詩呆坐在椅子上，便問他：「喂！你別呆着，你到底看到了甚麼呀？」

樂詩回過神來，説：「剛剛……跟志洛互傳訊息的不是人……」小鏢説：「甚麼？你講清楚些！」

「……不是人。」樂詩接着説：「志洛一直是與手機的Gxxgle助理在對話……」

「喂呀！開玩笑也不應這樣！」小鏢罵起來：「經你這樣一講，我感到心裏毛毛的！」

樂詩仍驚魂未定，嚥下一口酒再説：「我剛才清楚地看到……Gxxgle助理發出了一則短訊……『我要你死！』……」

小鏢一臉茫然地看着樂詩，好一會才回過神來，勉強地吐出話來：「追出去啦！……結帳……追志洛！」

小鏢和樂詩結帳後欲追回志洛。誰知甫一離開酒吧，一個黑影就在二人前面墮下，發出了一聲巨響。

　　志洛此刻就在二人面前，躺在血泊之中，手中破爛的手機螢幕一閃一閃的。小鏢驟眼一看，見到最後一條訊息是：「找到你了！」

寫作範例：〈短訊〉版本二

夜深了，與大多數忙碌的香港人一樣，子傑完成了堆積如山的工作後下班。

他下班後只想飛快回到家中，好好地洗個澡，然後躺在梳化上煲劇。

雖然車費貴許多，但因為他實在是太累了，他在辦公室樓下坐上了一輛的士回家。

剛坐上去的時候，他心裏仍然在抱怨他上司刻薄，給他的工作量明顯就是在要求他超時工作。

扣好安全帶後，他拿起手機，按了他喜歡的遊戲，開始全神貫注地玩。的士忽然因路面凹凸不平而顛簸得很厲害。子傑的屁股不知道碰到甚麼，痛得要命。正想破口大罵時，赫然發現屁股碰到的是一部手機。他心想：「今日的運氣似乎又不是太壞！」於是，趁司機不為意時，偷偷地將手機放在褲袋裏。

回到家中，子傑洗澡之後，便躺在梳化上檢查在的士上拿回來的手機。

出乎意料之外，那手機並沒有上鎖。他便好奇地瀏覽手機內的檔案、程式、照片等。

他估計手機屬於一個少女，因為媒體資料夾中有不少自拍的合照。由於照片都是多人的合照，機主的閨密似乎又只有那幾個，子傑無法判斷出誰是這手機的機主。他本想把手機拿去 X 達廣場去賣，可是他見這手機的型號比自己正在使用的較新款，而且看來也是新簇簇的。於是，他便想放售自己那部手機，改用這部拾回來的。

　　子傑立即把自己手機的資料傳送到「新」手機上，並將自己不用的程式刪掉。他見到「前」機主的相片裏都是標緻可人的女生，就把相片留下來。子傑心想：「畢業後怎樣也找不到女友，拿這些相片來向朋友炫耀一下，就說是自己認識的女生也好！」他對相片中其中一位女生特別感興趣，不禁嘆了一句：「如果她是我的女友，那就好了！」

　　急於試試新手機的性能，子傑隨便地吃了個即食麵就跳上梳化躺下，開始玩他喜歡的手機遊戲了。不過，事與願違，遊戲卻一直未能連接上伺服器。子傑只好放棄了。忽然，他留意到有一個交友程式，好奇之下就打開來看看。

　　他心想：「反正現在都無辦法登入遊戲，試玩一下也無妨。」子傑輸入了基本的資料，即時自拍了一幅相片上載程式內。

　　意想不到的是，不出五分鐘，子傑就收到一位女生發來的訊息。

　　女生來訊，説：「你好呀！你叫 Jason？」

　　作為一名正宗的宅男，子傑當然感到很開心，竟有女生願意跟他聊天。查看了一下那名女生的資料，相片中人正是他喜歡的類型。

　　他立即回覆説：「係呀！我一直都叫 Jason。」女生傳來了回覆：「一直？」

　　子傑頓時覺得自己的回覆很傻，只好硬着頭皮解釋説：「我的中文名很老土，所以一直都叫朋友稱呼自己做 Jason。」女生回覆説：「子傑都不是很老土吧？」

　　子傑呆了一會，答：「你又知我叫子傑？」

　　女生回覆：「唔……你的 Profile 有寫……」子傑這時候簡直想找個洞跳下去。

此時，女生又傳來一個訊息：「你好傻、好搞笑。」

見到女生仍然願意和自己交談，子傑鬆了一口氣。二人之後可謂相談甚歡。一直交談到夜深，子傑說他要睡了。女生說：「你一個人住，別踢被唷！還有一件事，我叫 Patsy，人家的名字你都未知就跟人傾談了一晚。」子傑覺得十分窩心，很快就入睡了。

之後幾日，子傑下班後都飛快地回家與 Patsy 傾談。Patsy 似乎亦是一位細心的女生。傾談之間往往都向子傑表達關懷，例如：「你上班時間這麼忙，放工後就不要常常吃即食麵了！」、「別把啤酒當水喝啦！都快有啤酒肚了！」、「晚上睡覺就關燈吧！網上說開燈睡覺對身體不好。」這些貼心的關懷，對單身已久的子傑簡直是「久旱逢甘霖」，令他對與 Patsy 這段關係有不少幻想。

到了周末，子傑終於有時間去 X 達廣場，一來放售自己的舊手機，二來找人檢查一下新手機。因為轉了用新手機之後，他一直都未能登入喜歡遊戲的伺服器中。

維修師傅檢查後，說：「放心啦！沒有甚麼大問題，只是上網的功能出現問題。更換有關硬件便可以了。」

子傑想了一會，回答師傅，說：「上網的功能出現問題？不可能吧！我這幾天都有用交友程式，在程式中跟人互通訊息。」

「哥仔，除非你的交友程式是單機程式啦……」維修師傅笑說：「你部手機的上網功能出問題是因為硬件壞了。你能用它上網？你來拆我招牌也可以！」

子傑驚呆了，拿起手機就走。他邊走邊想這幾天的經歷，越想越覺得不對勁。手機有上網的問題，他實在不能不相信。

如此一來，Patsy 是如何與他對話呢？還有，他的而且確是有睡覺會踢被、常常吃即食麵當晚餐、把啤酒當水喝、開燈睡覺等等習慣，Patsy 又怎會知道呢？子傑頓時感到毛骨悚然，冷汗從額角沁出。

忽然，手機響起了短訊通知聲。子傑一看，是 Patsy 來訊，內容是：「你發現了嗎？」

子傑此刻有一股寒意打從心底裏冒出來。不一會 Patsy 又發來了一則又一則的訊息：「你不再和我談話嗎？」、「是你帶我回家的！」、「你自己說如果我是你女友就好了！」子傑嚇得立即把手機丟掉。

晚上，子傑回到家中洗了個澡，驚魂甫定，坐在梳化上玩他喜歡的手機遊戲。手機收到一則來自未儲存號碼手機的來訊：「喂！Jason。」子傑回覆：「你是？」此時，門外響起了熟悉的手機短訊通知聲。子傑又收到一則來訊：「找到你了！」

　　以上的兩個故事，未知讀者比較喜歡哪一個呢？依照講故事前提及過的格式塔心理學理論而言，第二個故事應該會比較深刻一點吧！

　　第一個故事由友人講述志洛在荒郊野外拾到新手機開始，讀者應該會感到奇怪。後來，他在約會時姍姍來遲，在約會中行為異常。這樣的敘事情節慢慢地在讀者心目中建立起緊張的情緒。到了友人們發現志洛正在與 Gxxgle 助理對話時，故事中緊張的情緒到達了頂點。但隨着志洛的死亡，敘事正式告一段落。

　　第二個故事則不一樣。故事的開端發生在子傑於的士上拾到手機開始。之後，寫作聚焦於他與 Patsy 的對話和關係之建立上。起初，敘事看似與鬼故事無關，但在維修師傅確認手機的上網功能出現問題後，之前甜蜜的情節頓時成為產生恐懼感的土壤。

　　故事以子傑發現手機上網功能有問題為分水嶺，指出 Patsy 不可能「正常地」藉程式與其交換訊息，暗示 Patsy 極可能不是「人」。更可怕的是，Patsy 竟知道子傑的生活細節，而且亦可以立即知道他發現了她的不尋常。這樣敘事嘗試一步步地在讀者心中建立起緊張的情緒。雖然子傑已隨即丟掉手機，但故事以他聽到門外的熟悉手機短訊通知聲，繼而收到一則「找到你了！」的來訊，暗示 Patsy 已找到他了。

　　故事以此作結，其實有不少的疑團並未有明確交代出答案。門外發出聲音的手機是否就是他拾到的那部？發出「找到你了！」訊息的就是那部手機？Patsy 是新手機原本的機主嗎？Patsy 是鬼嗎？Patsy 為甚麼會知道子傑的生活細節呢？難道自子傑拾獲手機後，Patsy 一直待在子傑身旁？子傑到底會有怎樣的下場呢？閱

讀時建立起來緊張的情緒，因為故事沒有完滿結局而未能釋放。按照勒溫的說法，這種敘事結構會令讀者留下深刻的印象。

以「未完之事」作結局這手法還有另一個作用，那就是能夠令讀者恐懼的感覺蔓延到生活裏去。千萬不要小看短篇鬼故事！有時候，一個好的故事足以令你在日常生活中都會想起它，在現實中感到故事情節中的恐懼感。筆者曾經對這種現象作出學術研究，並稱之為「恐懼蔓延」。

下一節我們來詳細談談「恐懼蔓延」的「威力」。

整理敘事及結局

相信大家都了解到，要講一個令人閱讀後疑神疑鬼的鬼故事，故事的結局就不能是一個「最終結局」了！如果故事裏的鬼魂都被超渡了，鬧鬼的地方都沒有鬼了，試問又拿甚麼叫人疑神疑鬼呢？可是，如何寫出一個結局似完未完，説是一個完整的故事但卻像是仍有伏筆，那就十分考功夫了。

若故事未完的感覺太強，讀者隨時感到疑惑為甚麼故事來到中段就完了；若故事過於完整，伏筆變成了難以察覺的彩蛋，那亦未必能夠引起以「未完之事」作結局所帶來的益處。所以分寸的拿捏就非常重要。

由於短篇故事通常只有一位重要角色，在這角色身上發生的事件是故事主軸，主軸當然不能夠有頭無尾。因之，在主角身上的主軸故事總要有一個交代。故此，有關「未完之事」之設計，可以是主角身上一波剛平（主軸故事），另一波即起，可以是發生在配角身上，也可以在恐怖角色身上再有延續。

問 各位讀者平日閱讀時，可以試試整理故事的敘事流程和結尾佈局，並寫在下表中，從中學習。

故事名稱	敘事流程	結尾佈局

註釋：

1. Colman, Andrew M. "Zeigarnik Effect." In *A Dictionary of Psychology*.: Oxford University Press, 2008. http://www.oxfordreference.com/ view/10.1093/acref/9780199534067.001.0001/acref-9780199534067-e-9001.

2. 王鵬等著：《經驗的完形：格式塔心理學》（濟南：山東教育出版社，2009 年），頁 154。

綜合法則一至四：
能夠產生「恐懼蔓延」的鬼故事

你有沒有試過一種經驗，就是別人隨便說了一句，而你卻驚了一晚呢？

大白天的時候，你在大堂等升降機時，住在同一層的陳太碰巧出來扔掉垃圾。見到你等候，便跟你搭訕，她告訴你：「你千萬不要夜晚才晾衫。上星期有一晚兒子加班，我比平時晚了一點洗衫。在露台晾衫時，我一邊晾衫，一邊見到斜對面家的白被單隨風飄揚。心想：『大風好呀！我就不用開抽濕機了！』於是便開大一點露台的窗。誰知窗外一點風也沒有！我再仔細想想，住在我斜對面那單位是沒有人住的。我不晾衫了，立即跑回廳中。原來老人家說晚上晾衫易招鬼，真是寧可信其有！」

中午的時候，你見到看更王伯跟幾個街坊在閒聊，你剛好百無聊賴便過去湊一湊熱鬧。王伯正在繪影繪聲地說他前陣子的經歷。他說他巡更的時候，遇上了恐怖事件。王伯說那天他在五樓走了一圈以後，就行樓梯落四樓。誰知到了下一層之後，想找更簿簽名卻找不到。他正感到納悶，為何不見了更簿時，「五樓」兩個大字映入他的眼簾。他頓時呆了，回想自己剛才做過的事情：巡視了六樓，簽了更簿。落一層巡視，五樓是單數樓層沒有更簿。再落一層不是四樓嗎？為甚麼我又在五樓呢？」那幾個街坊很緊張地問：「之後呢？」王伯說：「你們見我仍站在你們面前，可以怎樣?! 我搭升降機落去 G 樓，在街上抽了口煙。人鎮定下來了，就上去繼續巡樓。」街坊們聽罷便一哄而散了。

晚上回家後，你媽媽用告誡的口吻跟你說：「你這陣子就不

要這麼晚才回家了。你不見走廊的白蠟燭嗎？住在近樓梯口那戶的陳伯上星期過身了。唉！雖然很不捨得他老人家，可是陳伯年過九十，有兒女又有孫子，總算是笑喪了。近年他又久咳不癒，每次見他老人家這麼辛苦，這樣也算是一種解脫吧！你呀！記得早點回家呀！一會兒撞正他老人家頭七回家，我看你一定嚇個半死！」

某日，你剛好有工作要跟進而很晚才回家。到家樓下時，升降機正在維修中，你只好走樓梯。可是，一走到四樓的時候，你不期然想起了王伯「消失的四樓」的故事。心裏忽然感到毛毛的，立即看看樓層號碼，看到了牆上用黑字寫下的「四樓」二字，心裏才感到安穩些。你繼續行，快到六樓，要回到家中了。忽然，你聽到咳嗽的聲音。此刻，你腦海裏回憶起你媽媽説「陳伯回魂夜」之事。你嚇得雙腿都軟了。咳嗽的聲音隨着腳步聲漸近。你很想逃離現場，可是你真的完全走不動。王伯突然由太平門後探頭出來，見到你説：「這麼晚才回家呀？小心行呀！」你終於回到家中了，感覺猶如過了五關斬了六將似的。你在更換衣服時，見到頸上的圍巾弄髒了，可是明天仍想用它來配襯衣服。媽媽告訴你今晚已洗過衣服，不會為你的圍巾再用洗衣機了。你只好在洗澡前自己手洗你的圍巾，拿出露台晾乾。剛剛把濕漉漉的圍巾放在衣架上時，你就想起了陳太跟你説過「晾衫易招鬼」。你全身都是雞皮疙瘩，忍不住朝向陳太所講的單位望過去⋯⋯

以上的情況，可能讀者們並不陌生。別人的一句話，令你在相同或類似的情景下感到恐懼。同樣，一個好的鬼故事也能產生

如此反應。如果我們綜合法則一至四，想一想那會是一個怎樣的故事呢？

因時制宜、因地制宜、因事制宜

當故事背景多數是你我的日常生活，那正是告訴讀者，我們日常生活的環境並沒有你想像般安全。超自然的、未可知性質的恐怖角色，就存在於你我的日常生活之中，未有顧及它們存在的讀者，可能隨時身陷故事主人翁的下場。要令讀者感到這些恐怖遭遇是有可能發生的，寫作時要避免把恐怖角色寫得過於天馬行空。不光如此，無論寫甚麼故事也好，一個能令讀者產生代入感的故事永遠更能牽動他的情緒。如果你在讀一部能使你想起自己經歷的愛情故事，主角的遭遇往往令你身同感受。如果你在讀一部傳記，又自覺與傳主有不少相似之處，傳主的悲喜往往令你心情激動。鬼故事也一樣。

我們一定要知道，世上沒有一個能令人人都恐懼的鬼故事。鬼故事要因為讀者而「因時制宜」、「因地制宜」、「因事制宜」。如果你的讀者／聽眾是在百貨公司上班的售貨員，那就講一個商場的鬼故事，講一個售貨員身上發生的鬼故事；至於面對一位中學老師，那就講一個學校的鬼故事，講一個發生在老師身上的鬼故事；如果你在大學的迎新營裏講鬼故事，那就講一個在你的校園內、發生在學生身上的鬼故事吧！只有提升讀者／聽眾的代入感，你才有可能把他們嚇個半死呢！

最後要緊記一點，如果你想讀者／聽眾閱讀／聆聽時你的故事時感到恐懼，而在閱畢故事之後更令恐佈感覺蔓延到現實生活裏去。你的故事還需要以未完之事作結局。第一，以未完之事作

結局令讀者印象加深；第二，只有故事是未完的，這才有可能令讀者們在生活中遇到與故事相似的環境時變得疑神疑鬼，懷疑自己會遇上故事所講述的靈異事件。

根據筆者研究所得，這樣的鬼故事就是能產生「恐懼蔓延」的鬼故事。所謂「恐懼蔓延」，那是指一個鬼故事能令讀者閱讀時感到恐懼，而在閱畢故事之後，恐懼感會蔓延到讀者的現實生活去。一個結合以上特徵的鬼故事，能夠使讀者在日常生活中遇上類似的場景時，他們會回想起故事內仍未消失的恐怖角色或未被解決的靈異事件，繼而在現實生活延續故事引起的恐懼感覺。

以為讀完或聽完故事就完了？黑暗中有「朋友」在等着你呢！

「恐懼蔓延」問卷調查

不知道讀者對於文學研究有甚麼看法呢？很感性卻也很主觀？缺乏證據而流於空談？其實，凡學術研究都重視論證，一來要在邏輯上說得通，二來十分看重證據。以上的要求同樣適用於文學研究之中。文學研究不同於個人對作品的鑒賞，一不感性、二不主觀、三不空談。要提出某種觀點，那就要提出證據來，例如：

■　這種觀點是否有文本的支持？

■　這種觀點能否用以理解整部作品，而不是解通了第一章卻說明不了第二章？

■　以這種觀點解釋作品，是否符合作者寫作時的所思所想？

■　作者寫這作品之前，他的人生經歷了甚麼？

為了研究鬼故事的讀者反應，筆者曾經做過一個很有趣的研

究。該研究成果發表於第二屆中華文化人文發展國際學術研討會之中。雖然以上的法則一至四是從廣泛地閱讀鬼故事而整理出來，可是終究是由文本綜合所得。因之，法則一至四只能夠說是常見的寫作手法。若想知道讀者是否真的因閱讀這樣的故事而產生恐懼感，這樣就不能夠全靠文本的閱讀了。讀者可是活生生的在我們面前啊！想知道讀者的反應為甚麼不直接去問他們呢？因此，筆者就進行了一項調查讀者反應的實證性研究。

研究背景簡介

調查在二〇一七年三月二十七日與二十九日進行，筆者在恒生管理學院（現為香港恒生大學）二〇一六至二〇一七年度下學期的「GEN2014 History of Traditional Chinese Thought」及「GEN2023 Religions and Human Spiritual Quests in the Contemporary World」兩科的課堂上，邀請了學生們進行研究。筆者希望藉此研究解答以下三個問題：

❶ 甚麼元素能令恐怖故事引起更大的驚悚情緒？

❷ 甚麼元素能令恐怖故事更能留下深刻印象？

❸ 讀者因何原因會被恐怖故事吸引？

研究開始時，學生們會先閱讀預先預備好的恐怖故事，然後再依指示填寫問卷。問卷設置為 Google 表單的形式，整個研究都在課上即場進行並完成。為確保數據來源的可靠性，參與者必須以學生編號先登入他們的學生電郵帳戶才能填寫問卷，而每一個學生編號只能填寫一次。這次研究成功收集了七十八份的問卷，共四十男三十八女。在年齡分佈上，大學一年級的共十人，二年級的共三十八人，三年級的共二十二人，四年級的共八人。

研究設計和目的

為了找出「甚麼元素能令恐怖故事引起更大的驚悚情緒？」
的答案，筆者特意聘請了有志成為作家的學生兼任研究助理，為
是次研究創作出可以更換故事元素的鬼故事。為甚麼要創作可以
更換故事元素的恐怖故事呢？那是希望儘量確保故事主軸、敘事
節奏或氣氛等沒有被影響的情況下，同一個故事可以更換當中的
元素而衍生出不同的版本。

舉例來說，班別一看的故事是一個香港學校的鬼故事，班別
二其實是看同一個故事，只是故事所述的學校在外國；又例如，
班別一和班別二都是看一樣的故事，只是在結局的時候，班別一
的是完整的結局，班別二的是以未完之事作結的。研究在不同的
班別中一直使用着相同的故事，只是更改故事內的某特定元素，
再看評分會否因此不同。故事內可更改的元素包括：❶ 故事背景
是貼近還是遠離學生的生活環境、❷ 故事結局是完整的還是以未
完之事作結，以及 ❸ 故事中的恐怖角色是超自然存在（例如鬼
魂），還是物理性存在（例如妖怪）。

筆者在研究中使用了四個恐怖故事：〈街角的友人〉、〈友
人來訊〉、〈夢裏的親人〉及〈迎新營試膽大會〉[1]。由於篇幅所限，
下文提供其中一個故事〈夢裏的親人〉以及其不同版本以供讀者
參考。

寫作範例：〈夢裏的親人〉版本一

【貼近生活環境、以未完之事作結、物理性恐怖角色】

在華富邨華生樓某單位，曾經發生過一個駭人聽聞的故事：某夜我在家中睡覺，作了一個怪夢。

「昇仔昇仔，你還記得我們嗎？我是爺爺啊。我知道我們的出現會令你很害怕，但是你一定要聽我們的忠告。」爺爺在我耳邊呢喃，就像以前一樣。我看着面目有點模糊的爺爺奶奶，擺出認真聽講的表情。「嗯，雖然您們離開的時候我年紀還很小，但是我仍然記得您們的樣子，請您們説吧，究竟有甚麼事情驚動了您們？」

「不要醒來！不要醒來！」他們驚叫着，叫着叫着甚至連五官都好像扭在一起似的，面目有點猙獰，不過想及他們十萬火急的樣子，大抵是怕我受到傷害才如此緊張吧。

「不要醒來！」他們一直嘶吼着這一句，並開始用手抓着我的身體，哀求我不要離開這個夢，直至我感到腰間傳來痛楚。

「啊！」一覺醒來，我發現自己被噩夢嚇到滾在地上，臉上和背後都是冷汗。很奇怪，真是很奇怪，明明我只是掉在地上，為何腰間的疼感仍然存在？還有，為何這個夢境是那麼真實，真實到現在我還記得細節？也許真的是生活壓力太大了，我想着。

躺回床上，我繼續睡覺，就在即將重返夢鄉的時候，一些奇怪的敲擊聲在我樓上傳來。説它奇怪是因為這種聲音十分沉實，就像某人用一些鈍器，不徐不疾，不輕不重地敲着地板；不是很吵耳，但又未到細不可聞的地步。咚、咚、咚，

我居然發現這個敲擊是有特定的規律，就像一種訊號。話雖如此，這些沉實的敲擊聲也令我無法安睡，所以我決定上去一探究竟。

「叮咚。」門鐘響起。未許，木門被打開了，但開門的人竟是……

「爺……爺……爺爺？」我被眼前見到的一切再一次嚇到，連腳也嚇到軟了，根本連站起來逃跑的勇氣都失去了。試問你見到一個應該已經死去的人，你能有甚麼反應？

「昇仔，不要害怕，希望你能聽聽我們的忠告。」我再次滴着冷汗，為何會像夢裏一樣似的？

「現在馬上咬破食指的指頭，這樣你才可以真正離開這個夢境。」眼前的「爺爺」說。

「為為為為……為甚麼？為甚麼你和夢裏的爺爺一模一樣？究竟你們誰是真正的爺爺奶奶？還是你們都是假的？一定是我發神經了，一定是……」我無法聯繫剛才的夢境，還是現在，才是真實。「看看你的腰間是不是有被勒過的痕跡？還有，仔細回想起剛才的夢，你能清楚看見我們的臉嗎？」爺爺說道。

我依照他的吩咐，看看腰間，果然有四道瘀黑的傷痕。仔細回想，發現剛才的夢中，我根本無法看清楚他們的臉！只是聽見他們的聲音和相似的體型，我就以為他們是……

「那是一種我們都不知道的生物，只是知道它沒有五官，身體像野狼般，它才是真正想傷害你的罪魁禍首。聽着，馬上咬破指頭，收拾細軟，離開華生樓！如果它比你更快醒來，它就會離開這個單位，走到下層來害你！你一定要醒來！」他驚恐的說着。我聽從爺爺的說法，忍痛咬破了指頭……

　　然後我睜開眼睛，回到了屋子，於是我拿了一些財物，打開木門，但門外竟然站着一隻沒有五官，如野狼般的怪物正在仰望着我説道：「多謝你這般聽話。用血腥味告訴我你在哪裏。」

　　虛虛實實，如真如幻，又有誰分得清甚麼是真甚麼是假？

寫作範例：〈夢裏的親人〉版本二

【貼近生活環境、完整結局、物理性恐怖角色】

在華富邨華生樓某單位，曾經發生過一個駭人聽聞的故事：某夜我在家中睡覺，作了一個怪夢。

「昇仔昇仔，你還記得我們嗎？我是爺爺啊。我知道我們的出現會令你很害怕，但是你一定要聽我們的忠告。」爺爺在我耳邊呢喃，就像以前一樣。我看着面目有點模糊的爺爺奶奶，擺出認真聽講的表情。「嗯，雖然您們離開的時候我年紀還很小，但是我仍然記得您們的樣子，請您們說吧，究竟有甚麼事情驚動了您們？」

「不要醒來！不要醒來！」他們驚叫着，叫着叫着甚至連五官都好像扭在一起似的，面目有點猙獰，不過想及他們十萬火急的樣子，大抵是怕我受到傷害才如此緊張吧。

「不要醒來！」他們一直嘶吼着這一句，並開始用手抓着我的身體，哀求我不要離開這個夢，直至我感到腰間傳來痛楚。

「啊！」一覺醒來，我發現自己被噩夢嚇到滾在地上，臉上和背後都是冷汗。很奇怪，真是很奇怪，明明我只是掉在地上，為何腰間的疼感仍然存在？還有，為何這個夢境是那麼真實，真實到現在我還記得細節？也許真的是生活壓力太大了，我想着。

躺回床上，我繼續睡覺，就在即將重返夢鄉的時候，一些奇怪的敲擊聲在我樓上傳來。說它奇怪是因為這種聲音十分沉實，就像是某人用一些鈍器，不徐不疾，不輕不重地敲着地板；不是很吵耳，但又未到細不可聞的地步。咚、咚、咚，

我居然發現這個敲擊是有特定的規律，就像一種訊號。話雖如此，這些沉實的敲擊聲也是令我無法安睡，所以我決定上去一探究竟。

「叮咚。」門鐘響起。未許，木門被打開了，但開門的人竟是⋯⋯

「爺⋯⋯爺⋯⋯爺爺？」我被眼前見到的一切再一次嚇到，連腳也嚇到軟了，根本連站起來逃跑的勇氣都失去了。試問你見到一個應該已經死去的人，你能有甚麼反應？

「昇仔，不要害怕，希望你能聽聽我們的忠告。」我再次滴着冷汗，為何會像夢裏一樣似的？

「現在馬上咬破食指的指頭，這樣你才可以真正離開這個夢境。」眼前的「爺爺」說。

「為為為為⋯⋯為甚麼？為甚麼你和夢裏的爺爺一模一樣？究竟你們誰是真正的爺爺奶奶？還是你們都是假的？一定是我發神經了，一定是⋯⋯」我無法聯繫剛才的夢境，還是現在，才是真實。「看看你的腰間是不是有被勒過的痕跡？還有，仔細回想起剛才的夢，你能清楚看見我們的臉嗎？」爺爺說道。

我依照他的吩咐，看看腰間，果然有四道瘀黑的傷痕。仔細回想，發現剛才的夢中，我根本無法看清楚他們的臉！只是聽見他們的聲音和相似的體型，我就以為他們是⋯⋯

「那是一種我們都不知道的生物，只是知道它沒有五官，身體像野狼般，它才是真正想傷害你的罪魁禍首。聽着，馬上咬破指頭，收拾細軟，離開華生樓！如果它比你更快醒來，它就會離開這個單位，走到下層來害你！你一定要醒來！」他驚恐的說着。我聽從爺爺的說法，忍痛咬破了指頭⋯⋯

　　我緩緩地睜開眼睛，發覺自己回到房間了，仍躺在床上，冒了一身冷汗。

　　猛然想起了爺爺的話，我趕忙地拿了一些財物，離開了華生樓。

　　直到現在，我再也沒有看見他們了。

寫作範例：〈夢裏的親人〉版本三

【遠離生活環境、完整結局、物理性恐怖角色】

在我鄉間，有一所建有閣樓的祖屋，曾經發生過一個駭人聽聞的故事：某夜我在屋中睡覺，作了一個怪夢。

「昇仔昇仔，你還記得我們嗎？我是爺爺啊。我知道我們的出現會令你很害怕，但是你一定要聽我們的忠告。」

爺爺在我耳邊呢喃，就像以前一樣。我看着面目有點模糊的爺爺奶奶，擺出認真聽講的表情。「嗯，雖然您們離開的時候我年紀還很小，但是我仍然記得您們的樣子，請您們說吧，究竟有甚麼事情驚動了您們？」

「不要醒來！不要醒來！」他們驚叫着，叫着叫着甚至連五官都好像扭在一起似的，面目有點猙獰，不過想及他們十萬火急的樣子，大抵是怕我受到傷害才如此緊張吧。

「不要醒來！」他們一直嘶吼着這一句，並開始用手抓着我的身體，哀求我不要離開這個夢，直至我感到腰間傳來痛楚。

「啊！」一覺醒來，我發現自己被噩夢嚇到滾在地上，臉上和背後都是冷汗。很奇怪，真是很奇怪，明明我只是掉在地上，為何腰間的疼感仍然存在？還有，為何這個夢境是那麼真實，真實到現在我還記得細節？也許因為近來鄉間旱災，壓力太大了，我想着。

躺回床上，我繼續睡覺，就在即將重返夢鄉的時候，一些奇怪的敲擊聲在我樓上傳來。說它奇怪是因為這種聲音十分沉實，就像是某人用一些鈍器，不徐不疾，不輕不重地敲着地板；不是很吵耳，但又未到細不可聞的地步。咚、咚、咚，

我居然發現這個敲擊是有特定的規律，就像一種訊號。話雖如此，這些沉實的敲擊聲也是令我無法安睡，所以我決定上閣樓一探究竟。走到滿是灰塵的閣樓上，我竟然看見……

「爺……爺……爺爺？」我被眼前見到的一切再一次嚇到，連腳也嚇到軟了，根本連站起來逃跑的勇氣都失去了。試問你見到一個應該已經死去的人，你能有甚麼反應？

「昇仔，不要害怕，希望你能聽聽我們的忠告。」我再次滴着冷汗，為何會像夢裏一樣似的？

「現在馬上咬破食指的指頭，這樣你才可以真正離開這個夢境。」眼前的「爺爺」說。

「為為為為……為甚麼？為甚麼你和夢裏的爺爺一模一樣？究竟你們誰是真正的爺爺奶奶？還是你們都是假的？一定是我發神經了，一定是……」我無法聯繫剛才的夢境，還是現在，才是真實。「看看你的腰間是不是有被勒過的痕跡？還有，仔細回想起剛才的夢，你能清楚看見我們的臉嗎？」爺爺說道。

我依照他的吩咐，看看腰間，果然有四道瘀黑的傷痕。仔細回想，發現剛才的夢中，我根本無法看清楚他們的臉！只是聽見他們的聲音和相似的體型，我就以為他們是……

「那是一種我們都不知道的生物，只是知道它沒有五官，身體像野狼般，它才是真正想傷害你的罪魁禍首。聽着，馬上咬破指頭，收拾細軟，離開這所祖屋！如果它比你更快醒來，它就會來害你！你一定要醒來！」他驚恐的說着。我聽從爺爺的說法，忍痛咬破了指頭……

我緩緩地睜開眼睛，發覺自己回到屋子了，仍躺在床上，冒了一身冷汗。

　　猛然想起了爺爺的話，我趕忙地拿了一些財物，離開了祖屋。

　　直到現在，我再也沒有看見他們了。

寫作範例：〈夢裏的親人〉版本四

【遠離生活環境、以未完之事作結、物理性恐怖角色】

在我鄉間，有一所建有閣樓的祖屋，曾經發生過一個駭人聽聞的故事：某夜我在屋中睡覺，作了一個怪夢。

「昇仔昇仔，你還記得我們嗎？我是爺爺啊。我知道我們的出現會令你很害怕，但是你一定要聽我們的忠告。」

爺爺在我耳邊呢喃，就像以前一樣。我看着面目有點模糊的爺爺奶奶，擺出認真聽講的表情。「嗯，雖然您們離開的時候我年紀還很小，但是我仍然記得您們的樣子，請您們說吧，究竟有甚麼事情驚動了您們？」

「不要醒來！不要醒來！」他們驚叫着，叫着叫着甚至連五官都好像扭在一起似的，面目有點猙獰，不過想及他們十萬火急的樣子，大抵是怕我受到傷害才如此緊張吧。

「不要醒來！」他們一直嘶吼着這一句，並開始用手抓着我的身體，哀求我不要離這個夢，直至我感到腰間傳來痛楚。

「啊！」一覺醒來，我發現自己被噩夢嚇到滾在地上，臉上和背後都是冷汗。很奇怪，真是很奇怪，明明我只是掉在地上，為何腰間的疼感仍然存在？還有，為何這個夢境是那麼真實，真實到現在我還記得細節？也許因為近來鄉間旱災，壓力太大了，我想着。

躺回床上，我繼續睡覺，就在即將重返夢鄉的時候，一些奇怪的敲擊聲在我樓上傳來。說它奇怪是因為這種聲音十分沉實，就像是某人用一些鈍器，不徐不疾，不輕不重地敲着地板；不是很吵耳，但又未到細不可聞的地步。咚、咚、咚，

我居然發現這個敲擊是有特定的規律，就像一種訊號。話雖如此，這些沉實的敲擊聲也是令我無法安睡，所以我決定上閣樓一探究竟。走到滿是灰塵的閣樓上，我竟然看見……

「爺……爺……爺爺？」我被眼前見到的一切再一次嚇到，連腳也嚇到軟了，根本連站起來逃跑的勇氣都失去了。試問你見到一個應該已經死去的人，你能有甚麼反應？

「昇仔，不要害怕，希望你能聽聽我們的忠告。」我再次滴着冷汗，為何會像夢裏一樣似的？

「現在馬上咬破食指的指頭，這樣你才可以真正離開這個夢境。」眼前的「爺爺」説。

「為為為為……為甚麼？為甚麼你和夢裏的爺爺一模一樣？究竟你們誰是真正的爺爺奶奶？還是你們都是假的？一定是我發神經了，一定是……」我無法聯繫剛才的夢境，還是現在，才是真實。「看看你的腰間是不是有被勒過的痕跡？還有，仔細回想起剛才的夢，你能清楚看見我們的臉嗎？」爺爺説道。

我依照他的吩咐，看看腰間，果然有四道瘀黑的傷痕。仔細回想，發現剛才的夢中，我根本無法看清楚他們的臉！只是聽見他們的聲音和相似的體型，我就以為他們是……

「那是一種我們都不知道的生物，只是知道它沒有五官，身體像野狼般，它才是真正想傷害你的罪魁禍首。聽着，馬上咬破指頭，收拾細軟，離開這所祖屋！如果它比你更快醒來，它就會來害你！你一定要醒來！」他驚恐的説着。我聽從爺爺的説法，忍痛咬破了指頭……

然後我睜開眼睛，回到了屋子，於是我拿了一些財物，打開木門，但門外竟然站着一隻沒有五官，如野狼般的怪物

正在仰望着我說道：「多謝你這般聽話。用血腥味告訴我你在哪裏。」

　　虛虛實實，如真如幻，又有誰分得清甚麼是真甚麼是假？

　　四個故事在各班別中大致的組合如下，〈夢裏的親人〉和〈迎新營試膽大會〉選用了物理性存在的恐怖角色，〈街角的友人〉和〈友人來訊〉選用了超自然存在的恐怖角色。在不同的班別中，參加者閱讀故事的不同版本，故事背景與生活環境遠近、故事結局的完整性會有不同配搭。

故事〈夢裏的親人〉	變項	不變項
班別一（閱讀版本一）		
生活環境	遠	近
故事結局	已完	未完
恐怖存在	超自然存在 （例：鬼魂）	物理性存在 （例：妖怪）
班別二（閱讀版本二）		
生活環境	遠	近
故事結局	已完	未完
恐怖存在	超自然存在 （例：鬼魂）	物理性存在 （例：妖怪）
班別三（閱讀版本三）		
生活環境	遠	近
故事結局	已完	未完
恐怖存在	超自然存在 （例：鬼魂）	物理性存在 （例：妖怪）

班別四（閱讀版本四）		
生活環境	遠	近
故事結局	已完	未完
恐怖存在	超自然存在 （例：鬼魂）	物理性存在 （例：妖怪）

故事〈迎新營試膽大會〉

班別一		
生活環境	遠	近
故事結局	已完	未完
恐怖存在	超自然存在 （例：鬼魂）	物理性存在 （例：妖怪）

班別二		
生活環境	遠	近
故事結局	已完	未完
恐怖存在	超自然存在 （例：鬼魂）	物理性存在 （例：妖怪）

班別三		
生活環境	遠	近
故事結局	已完	未完
恐怖存在	超自然存在 （例：鬼魂）	物理性存在 （例：妖怪）

班別四		
生活環境	遠	近
故事結局	已完	未完
恐怖存在	超自然存在 （例：鬼魂）	物理性存在 （例：妖怪）

故事〈街角的友人〉

班別一		
生活環境	遠	近
故事結局	已完	未完
恐怖存在	超自然存在（例：鬼魂）	物理性存在（例：妖怪）

班別二		
生活環境	遠	近
故事結局	已完	未完
恐怖存在	超自然存在（例：鬼魂）	物理性存在（例：妖怪）

班別三		
生活環境	遠	近
故事結局	已完	未完
恐怖存在	超自然存在（例：鬼魂）	物理性存在（例：妖怪）

班別四		
生活環境	遠	近
故事結局	已完	未完
恐怖存在	超自然存在（例：鬼魂）	物理性存在（例：妖怪）

故事〈友人來訊〉

班別一		
生活環境	遠	近
故事結局	已完	未完
恐怖存在	超自然存在（例：鬼魂）	物理性存在（例：妖怪）

班別二		
生活環境	遠	近
故事結局	已完	未完
恐怖存在	超自然存在 （例：鬼魂）	物理性存在 （例：妖怪）
班別三		
生活環境	遠	近
故事結局	已完	未完
恐怖存在	超自然存在 （例：鬼魂）	物理性存在 （例：妖怪）
班別四		
生活環境	遠	近
故事結局	已完	未完
恐怖存在	超自然存在 （例：鬼魂）	物理性存在 （例：妖怪）

另外，為了找出「甚麼元素能令恐怖故事更能留下深刻印象？」的答案，筆者先要求參加者閱讀和為四個恐怖故事評分，然後休息一分鐘，再去指出對哪一個故事印象最為深刻。為減低故事次序對數據的影響，四個班別閱讀的先後次序不同。例如，班別一的次序是一〈街角的友人〉、二〈友人來訊〉、三〈夢裏的親人〉和四〈迎新營試膽大會〉，班別二的次序是一〈友人來訊〉、二〈夢裏的親人〉、三〈迎新營試膽大會〉和四〈街角的友人〉，如此類推。

最後，為了找出「讀者因何原因會被恐怖故事吸引？」的答

案，問卷要求填寫者以讀者及作者的兩種不同角度去思考。第一，問卷先要求填寫者以讀者的身份，回答「會閱讀恐怖故事的原因是甚麼」。第二，問卷會請填寫者代入恐怖故事作者的身份，思考如果要構思一個嚇人的恐怖故事，他會加入甚麼元素。問題選項參考了卡羅爾的《恐怖哲學》及史文德森（Lars Svendsen，1970-）的《恐懼的哲學》（*A Philosophy of Fear*）[2] 的説法而編寫，當中包括了刺激感、恐怖角色、好奇心、敘事手法、能安全地嘗試恐怖滋味和排解沉悶各選項，亦加入「其他，請註明」一項。

問卷設計

關於問卷的設計，問卷內的問題和問題選項不限於測試筆者提出「恐懼蔓延」之假設。如前所述，問卷在設計上亦參考了卡羅爾及史文德森兩本專門書籍。

參與的學生以填寫者自陳的方式，直接查問恐怖故事有甚麼元素最能令其感到驚慌。選項涉及文獻回顧時論者們曾提及的各項元素，當中包括恐怖角色、故事情節、受害人角色、故事背景和故事結局，亦開放了不同的可能性而加入「其他，請註明」一項。筆者希望從這兩方面入手去找出令恐怖故事引起驚悚情緒的元素。

（詳細問卷請看後面。）

這是一個關於鬼故事的研究。請仔細閱讀題目，然後據指示完成問卷。謝謝參與。

性別：□ 男　□ 女

年級：□ 1　□ 2　□ 3　□ 4

1. 請閱讀第一個故事。你認為這個故事恐怖的指數為：

（6 分為最高，1 分為最低。）

□ 1　□ 2　□ 3　□ 4　□ 5　□ 6

2. 請閱讀第二個故事。你認為這個故事恐怖的指數為：

（6 分為最高，1 分為最低。）

□ 1　□ 2　□ 3　□ 4　□ 5　□ 6

3. 請閱讀第三個故事。你認為這個故事恐怖的指數為：

（6 分為最高，1 分為最低。）

□ 1　□ 2　□ 3　□ 4　□ 5　□ 6

4. 請閱讀第四個故事。你認為這個故事恐怖的指數為：

（6 分為最高，1 分為最低。）

□ 1　□ 2　□ 3　□ 4　□ 5　□ 6

請休息一分鐘，然後作答以下問題。

5. 在閱畢四個故事後，你對哪一個故事印象最為深刻？請由最深刻的開始順次序排列。

❶（最深刻）　_____

❷（較深刻）　_____

❸（較不深刻）_____

❹（最不深刻）_____

6. 你認為故事能令你留下深刻印象的原因是甚麼？請順次排序。（1 為最大原因，2 為次一級，如此類推。）

___ 故事發生的背景　　___ 故事結局　　___ 恐怖角色

___ 敘事手法和結構　　___ 故事主角及其遭遇

___ 其他，請註明：_____

7. 你會閱讀恐怖故事的原因是甚麼？請順次排序。（1為最大原因，2為次一級，如此類推。）

___ 尋求刺激感　　　　　　___ 喜愛某種恐怖角色

___ 對未知之事感好奇　　　___ 敘事手法吸引

___ 能安全地嘗試恐怖滋味　___ 有效地排解沉悶

___ 其他，請註明：_____

8. 你認為恐怖故事甚麼元素最能令你感到驚慌？請順次排序。（1為最大原因，2為次一級，如此類推。）

___ 對鬼怪的描述恐怖　　　___ 故事情節恐怖

___ 閱後令自己疑神疑鬼　　___ 貼近自己的生活場景

___ 留下未完伏筆　　　　　___ 容易代入的受害人角色

___ 其他，請註明：_____

9. 如果要你構思一個嚇人的恐怖故事，有甚麼元素你一定會加入其中？請順次排序。（1為一定會加入，2為次一級，如此類推。）

___ 層層遞進揭曉奇怪事的敘事結構

___ 能引起龐大恐怖感的恐怖角色

___ 貼近讀者生活場景的故事背景

___ 故意留下未完的伏筆　　___ 容易讓讀者代入的受害人角色

___ 富有個人魅力的恐怖角色

___ 描述具新奇感覺的未知之事

___ 其他，請註明：_____

— 問卷完 —

研究結果

在首四條問題中，有一點值得注意的，就是故事的恐怖指數，以背景貼近讀者生活環境為較高。以〈街角的友人〉為例，若比較「貼近生活環境、完整結局、超自然恐怖角色」及「遠離生活環境、完整結局、超自然恐怖角色」兩個版本，前者的平均分為 2.05，後者為 1.93。又以〈友人來訊〉為例，若比較「貼近生活環境、以未完之事作結、超自然恐怖角色」及「遠離生活環境、以未完之事作結、超自然恐怖角色」兩個版本，前者的平均分為 2.5，後者為 2。由以上的數據可見，故事背景比較貼近讀者生活環境的故事，閱後感到恐怖的指數明顯較高。

第五條問題所得數據，與上一節〈法則四：未完之事作結局〉中介紹過的蔡加尼克之研究結果相符。據蔡加尼克的實驗研究所得，比之於已完成的事，個體更容易回憶起未完成的事[3]。比較各班別的數據，研究所得明顯與閱讀次序沒有關係。「以未完之事作結」的故事版本往往獲評為印象最為深刻的，而「完整結局」的故事版本往往被評為最不深刻的。〈夢裏的親人〉及〈友人來訊〉「以未完之事作結」的版本獲評為印象最為深刻的故事；〈迎新營試膽大會〉及〈夢裏的親人〉具有「完整結局」的版本被評為印象最不深刻的故事。由以上的數據可見，未完的故事比起已完的故事更能令讀者留下深刻的印象。

第六條問題訪問受訪者故事能令其留下深刻印象的原因，以下的排行榜就是將投票結果排序而成（名次是以獲投票為第一位重要元素的次數整理而成）：

名次	元素
1	「敘事手法和結構」及「故事主角及其遭遇」票數相同
2	「故事結局」
3	「故事發生的背景」
4	「恐怖角色」

當中沒有人將「其他」排第一位。由此看來，「敘事手法和結構」以及「故事主角及其遭遇」在讀者的心目中有着舉足輕重的地位，最能令其產生深刻印象。

第七條問題讓受訪者填寫其閱讀恐怖故事的原因，首三名的票數如下：

閱讀恐怖故事的原因	票數
「對未知之事感好奇」	34
「尋求刺激感」	17
「敘事手法吸引」，	11

按照以上的數據可見，「對未知之事感好奇」為讀者們閱讀恐怖故事的最大原因。這原因甚至比排第二位的原因「尋求刺激感」多出一倍的票數。可見，問卷調查的實證數據告訴我們，若要創作一個吸引人的恐怖故事，我們的作品需要有能力激發讀者的好奇心。

第八和第九條問題分別邀請參與者從讀者和作者的角度進行反思。第八條問他們作為讀者的時候，恐怖故事的哪些元素最能令其感到驚慌；第九條要他們充當作者，當他們構思一個嚇人的恐怖故事的時候，有甚麼元素他們一定會加入故事之中。這兩條問題收集回來的數據，首三名的票數如後頁：

讀者角度：甚麼元素最能令你感到驚慌	票數
「閱後令自己疑神疑鬼」	30
「貼近自己的生活場景」	18
「容易代入的受害人角色」	11

作者角度：一定會加入甚麼元素	票數
「貼近讀者生活場景的故事背景」	46
「層層遞進揭曉奇怪事的敘事結構」	22
「容易讓讀者代入的受害人角色」	15

其實我們可以見到兩條問題的研究結果甚為一致。比較筆者之前曾進行的前導研究（在第一章第三節末曾提及過），兩者的結果亦非常吻合。

歸納出四項法則

由以上問卷調查可見，筆者向大家建議的法則一至四是有根有據的。它們都得到從讀者身上搜集回來的數據所支持。

經過是次研究，我們知道蔡加尼克之實驗研究所得的現象同樣出現在恐怖故事的閱讀之上。若然恐怖故事以未完之事作結局，這比起完整結局的故事更能令讀者留下深刻的印象。這個現象為「恐懼蔓延」提供了基礎。如果故事在閱畢之後，不久就已被遺忘，那就沒有可能在現實延續故事引起的驚恐感覺；只有當故事在閱畢之後仍有深刻的印象，讀者們才會回想起未消失的恐怖角色或未被解決的靈異事件，令驚恐感覺延續。

要令恐懼感覺蔓延到日常生活之中，除了未完的結局外，還

需要故事背景與日常生活貼近。綜合以上研究數據所得，故事的恐怖指數以背景貼近讀者生活環境為較高的一批。不論是從讀者的角度而言，還是從作者的角度進行反思，「貼近自己的生活場景」一項均出現在首三名最重要元素之中。如果故事背景與日常生活大相逕庭，即使故事所述的靈異事件未被解決，驚恐感覺不會在讀者的日常生活延續。

只有當故事背景與日常生活貼近，讀者們才會在現實生活遇上和故事情節相似的場景時疑神疑鬼，延續故事所引起的驚恐感覺。在問卷的第八條問題中，最多人都以「閱後令自己疑神疑鬼」為恐怖故事最能令你感到驚慌之原因，故此筆者認為「恐懼蔓延」的理論大致上是能夠有力描述讀者心理的。

其實，這次研究的數據亦為筆者對於恐怖故事的研究提供了新的觀點，繼而產生於「法則二：大眾臉的主人翁」和「法則三：普普通通的恐怖角色」。有關「法則三：普普通通的恐怖角色」的衍生，那是由多項數據的反思而衍生出來。在受訪者的投票中，「恐怖角色」是故事讓人留下深刻印象的原因之一，「對未知之事感好奇」更是閱讀恐怖故事的首名原因。

下一個問題是，怎樣的恐怖角色才能夠引人入勝呢？那麼，我們就要配合其他數據作出思考了。若要讓讀者感到驚慌，我們就需要讓他們產生「閱後令自己疑神疑鬼」的感覺；要令他們疑神疑鬼，故事背景就要「貼近讀者生活場景」。如此一來，恐怖角色亦必須是在生活場景有可能會出現和接觸到的。當然，筆者這樣說不是指世界果真有鬼，而是指在身處的文化耳濡目染下，有可能相信會出現和接觸到的角色（例如回魂夜的先人、碟仙、自殺身亡的怨靈等）。法則三是由這個研究衍生出來的觀點。

最後，「法則二：大眾臉的主人翁」也是衍生自是次研究的數據。一直以來有關恐怖故事的研究較多側重於恐怖角色的一邊。是次研究指出一個恐怖故事之所以能引起驚恐感覺，受害人角色亦極為重要。在受訪者的回答之中，不論是從讀者角度還是從作者角度去思考，「容易代入的受害人角色」均是問題八和九的首三名選項之一。筆者亦因此提了「大眾臉的主人翁」的寫作法則以資各位讀者參考。

☑ 法則一：日常生活作故事背景

☑ 法則二：大眾臉的主人翁

☑ 法則三：普普通通的恐怖角色

☑ 法則四：未完之事作結局

如果一直以來，讀者們對於文學研究都抱一種懷疑的態度，認為文學研究流於主觀且缺乏根據，未知本節能否改變各位讀者對文學研究的感覺呢？所以筆者才會在前言中向大家保證，此書具有學術研究基礎，內容絕對可靠，讀者們可以放心學習和應用呢！

小練習

設計問題清單

本節有一個十分重要的訊息：讀者是活生生在大家面前的一群人啊！要知道怎樣的鬼故事才令人感恐怖，為甚麼不直接去問人呢？

或者，讀者們犯不着像筆者般，正經八百地設計問卷去做學術研究。你平日和朋友閒聊時可以問問他們，在他們聽過的鬼故事中，哪一個令他們感到最害怕？為甚麼？

你在資料搜集過後，甚至可以再作出更仔細的整理，例如男女最怕的故事有沒有分別？老中青三代最怕的鬼故事有甚麼特徵？比較內地、台灣和香港的朋友，有沒有地區性的差異呢？

問 除了以下六條題目，試試構思四條可以問問朋友的問題，填在表格中。

讀者們可以問問朋友的問題清單
1. 你會看鬼故事嗎？
2. 你為甚麼會對鬼故事感興趣呢？
3. 你會在閱讀後感到害怕嗎？
4. 你真的相信有鬼嗎？
5. 甚麼情節令你最害怕呢？
6. 想想你最怕的那個故事，為甚麼你會感害怕呢？
7.
8.
9.
10.

註釋：

1. 故事由兩位兼任研究助理關凱澧同學和林承龍同學創作。

2. Svendsen, L. (2008) *A Philosophy of Fear*, Great Britain: Reakton Books,.

3. Colman, Andrew M. "Zeigarnik Effect." In *A Dictionary of Psychology*. : Oxford University Press, 2008. http://www.oxfordreference.com/view/10.1093/acref/9780199534067.001.0001/acref-9780199534067-e-9001.

法則五：
就是要你相信我

　　在上一節的尾聲，筆者提出了「恐懼蔓延」的概念，當中包括了故事背景、主人翁及恐怖角色設定及結局四種要素的結合。要令人閱讀鬼故事而產生「恐懼蔓延」的現象，首先這些故事的背景不能太誇張，例如世界末日、喪屍病毒爆發、外星生物入侵等。背景設定為升降機、後樓梯、屋邨走廊、女廁等日常生活場合更為合適。更進一步來説，最好依讀者的身份來設計，例如對學生談校園、對文員談辦公室、對警務人員就談警署或案發現場等。

　　其次，故事中的主人翁不能是末日救世的大英雄，而是跟常人一樣的角色，如文員、學生、司機等。同理，最好對學生就講以學生為主角的鬼故事、對護士就講以醫護為主角的鬼故事、對圖書館管理員就講以圖書館職員為主角的鬼故事。

　　第三，恐怖角色不能有吸血鬼、科學怪人和女巫，選用鏡的倒影、抱着怨恨的亡魂、似是而非的幻覺等比較好。

　　最後，故事若以「未完之事」作結，則能夠加深讀者印象，更有可能令故事產生的恐懼情緒蔓延到現實裏去，例如故事中的魔鏡仍在某校女廁中、那被詛咒的走廊仍未被封閉、害人的亡魂仍含怨未解等。

第一人稱 / 親身體驗 / 權威身份

　　其實，要令「恐懼蔓延」的現象生效，當中還需要一個關鍵的元素。欠缺這項要素，幾乎可以説故事難以令讀者產生恐懼的

感覺，更不要說「恐懼蔓延」的現象。那就是要花點工夫，讓故事看起來像真有其事一樣，盡可能令讀者們或多或少地相信故事中所載之事為真實的。若故事所載令人感不可思議，教人難以置信，產生恐懼感覺的能力一定會大打折扣；亦因為深知事情完全沒有可能在現實生活裏發生，所以「恐懼蔓延」的現象也不會生效。雖然看起來好像很不容易，可是這正是鬼故事獨特之處。

或許讀者不知道，這種敘事手法並不出現在其他類型的作品之中，如愛情故事、武俠故事、偵探故事等。大概我們不需要相信降龍十八掌確有其事，才能感到江湖生活的快意恩仇；我們亦不需要相信真有富家子愛上窮家女的事，才有弱水三千，只取一瓢之感動；我們不需要相信世上存在着身體縮小成小學生模樣的偵探，這才能感到層層揭穿案件的刺激感。可是，若然你創作的鬼故事過於天馬行空，讀者的反應一定是對故事嗤之以鼻，拋下一句：「罷了！假的！」這樣又怎能引起他人的恐懼情緒呢？

信不信由你啊！如果仔細地閱讀香港短篇鬼故事，讀者們一定能夠發現，大部分的香港短篇鬼故事都會告訴你們，故事中所述是有根有據的。無論故事的來源是文學創作、網路流傳還是電台廣播，不少的香港短篇鬼故事都強調故事所述是親身體驗，又或者是身邊的人所經歷之事，如親人、鄰居、朋友、同學等。從後頁表格的內容可見，橫跨不同來源的作品，它們大多數都是以第一人稱的方式寫作，指出故事中所述的均是親身體驗，甚或有親友在場同時間見證着事件的發生。

表一：故事背景、敘事者及故事來源之整理資料

故事名稱	故事背景	敘事者	故事來源
《口耳相傳的香港鬼故事——念念‧不忘》（性質：文學創作）			
課室吊扇	作者小學	作者（第一人稱）	作者親證及同學見證
彈波子	愛民村	作者（第一人稱）	作者親證及同學見證
箱根旅館	日本箱根旅館	作者（第一人稱）	作者親證及朋友見證
睇樓怪 Lift	荃灣某私人屋苑	作者（第一人稱）	作者親證及客人見證
屋企出面個垃圾房	垃圾房	作者（第一人稱）	作者親證
樂富健康院對出小路	樂富某健康院	作者（第一人稱）	作者親證及同學見證
油麻地停車場	油麻地某停車場	作者（第一人稱）	朋友見證
愛民邨平台	愛民邨平台	作者（第一人稱）	作者親證
《阿公講鬼》（性質：文學創作）			
Siri 附靈	作者買了被鬼附着的電話	作者（第一人稱）	作者親證、女友及女友外公見證
古曼碌葛真相	發生在作者朋友的身上	作者（第一人稱）	作者見證、朋友經歷及女友外公見證
秀茂坪自殺潮	發生在作者親戚的身上，發生在公屋邨內	作者（第一人稱）	作者與其表兄一家之經歷及女友外公見證

故事名稱	故事背景	敘事者	故事來源
下一站：彩虹	發生在作者中學同學的身上，故事在地鐵站內展開	作者（第一人稱）	作者見證、中學同學經歷及女友外公見證
慈母回魂	發生在女友外公鄰居的身上，故事在鄰居家裏展開	作者（第一人稱）	作者見證、女友外公鄰居經歷及女友外公見證
遊地府	發生在女友外公鄰居的身上，故事在女友外公家裏展開	作者（第一人稱）	作者見證、女友外公鄰居經歷及女友外公見證
看門狗	發生在女友外公鄰居的身上，故事在鄰居家裏展開	作者（第一人稱）	女友外公鄰居經歷及女友外公見證
凶宅別睡	發生在女友外公同村鄰里的身上，故事在鄰里家裏展開	作者（第一人稱）	女友外公同村鄰里經歷及女友外公見證
《香討鬼故》（性質：網路流傳）			
圖書館	中學圖書館	作者（第一人稱）	作者親證
倒豎蔥	中學頂樓女廁	作者（第一人稱）	作者目擊同學經歷
後面嗌你	九龍摩士公園	作者（第一人稱）	作者轉述同學經歷
集體撞鬼	作者家附近的球場	作者（第一人稱）	作者及鄰居親證

故事名稱	故事背景	敘事者	故事來源
家暴奇談（上集）	作者家樓上	作者（第一人稱）	作者及鄰居親證
家暴奇談（下集）	作者家樓上	作者（第一人稱）	作者及鄰居親證
觀音顯靈（上集）	作者的一位叔叔	作者（第一人稱）	作者轉述叔叔經歷
觀音顯靈（下集）	作者的一位叔叔	作者（第一人稱）	作者轉述叔叔經歷
《香討鬼故 貳》（性質：網路流傳）			
氣球	作者家中	作者（第一人稱）	作者親證
家鬼	作者舊居家中（寶達邨）	作者（第一人稱）	作者親證
小學──吊扇	作者小學課室	作者（第一人稱）	作者親證及同學見證
小學──音樂室	作者小學音樂室	作者（第一人稱）	作者親證及同學見證
小學──男廁	作者小學男廁	作者（第一人稱）	作者親證及同學見證
小學──校內歌唱比賽	作者小學禮堂	作者（第一人稱）	作者親證及同學見證
中學──有個影	作者中學	作者（第一人稱）	作者親證及同學見證
中學──又系搭 Lift	往同學家途中（油麻地）	作者（第一人稱）	作者親證及同學見證

故事名稱	故事背景	敘事者	故事來源
《恐怖十大》（性質：電台廣播）			
揭發兇殘碎屍	酒店房間裏發生	第三人稱敘事	敘述當事人見證
同窗瞬間消失	當事人的中學裏發生 一所在油麻地的中學	第三人稱敘事	敘述當事人見證
住客移魂上身	當事人仍然是地產經紀時之所見所聞	第三人稱敘事	敘述當事人見證
撞上道袍凶屋	粉嶺廣場的一個單位	第三人稱敘事	敘述當事人見證
靈體致電電台	西環觀龍樓的一個單位	第三人稱敘事	敘述當事人見證
橫刀落降求愛	當事人在澳洲生活時曾面對的遭遇	第三人稱敘事	敘述當事人見證
離奇乍現童靈	九龍灣德福花園	第三人稱敘事	敘述當事人見證
大頭怪嬰延續篇	大頭怪嬰目擊者身上	第三人稱敘事	敘述當事人見證

故事名稱	故事背景	敘事者	故事來源
《你話嘅，呢個世界有冇鬼？》（性質：電台廣播）			
詭異影像揭色魔殺人事件	屯門大興邨	作者（第一人稱）	由一位原港聞版記者將秘聞講給作者聽
三越百貨恐怖回憶	三越百貨	作者（第一人稱）	由一位小説漫畫家將她當年作為兼職店員之見聞講給作者聽
圖書館陰地索命	銅鑼灣某圖書館	作者（第一人稱）	有認識該圖書館職員的聽眾告知作者；作者亦親訪該處查看
元朗大棠村屋鬼婆婆	元朗大棠某村屋	作者（第一人稱）	由一位地產經紀將其見聞講給作者聽
二手鋼琴惹兩鬼入屋	樂隊成員親戚居住的油麻地某唐樓	作者（第一人稱）	由一位樂隊成員將其經歷講給作者聽
十字架影像入屋招噩運	跑馬地近馬場某單位	作者（第一人稱）	由一位地產經紀將其見聞講給作者聽
在鬼屋被鬼召喚	西貢某複式村屋	作者（第一人稱）	由一位藝人將其經歷講給作者聽
鬼來電要求安裝收費電視	沙田某個私人屋苑	作者（第一人稱）	由一位收費電視台的推銷員將其經歷講給作者聽

表二：故事來源身份與真實背景之整理資料

故事名稱	故事來源身份	故事背景
《口耳相傳的香港鬼故事——念念‧不忘》（性質：文學創作）		
課室吊扇	個人見證， 不適用	作者小學
彈波子	個人見證， 不適用	愛民村
箱根旅館	個人見證， 不適用	日本箱根旅館
《阿公講鬼》（性質：文學創作）		
Siri 附靈	個人見證， 不適用	作者買了被鬼附着的電話
很久不見	個人見證， 不適用	發生在作者女友的身上
迷路殭屍	個人見證， 不適用	作者家附近的球場及大廈
《香港猛鬼奇談（1）》（性質：文學創作）		
拍得相惹怒惡鬼	住在凶案現場隔壁的張太	黃大仙竹園南邨
瓦礫下凡冤靈	住在塌樓旁一幢唐樓的陳太	馬頭圍一幢舊唐樓
猛鬼搭客天天相伴	小巴司機李叔	旺角來往新界小巴

故事名稱	故事來源身份	故事背景
《香討鬼故》（性質：網路流傳）		
圖書館	個人見證，不適用	作者中學圖書館
西瓜波	個人見證，不適用	作者中學體育室，發生在籃球隊隊員身上
倒豎蔥	個人見證，不適用	作者中學頂樓女廁
《香討鬼故 貳》（性質：網路流傳）		
搭 Lift	個人見證，不適用	作者回家道上的升降機
小學──吊扇	個人見證，不適用	作者小學課室
小學──跳飛機	個人見證，不適用	作者小學操場
《恐怖十大》（性質：電台廣播）		
揭發兇殘碎屍	酒店管理的從業員	故事發生皇都酒店。故事指該酒店于 1980 年代興建，2004 年曾進行維修和擴充的酒店。只有皇都酒店符合這些描述。
住客移魂上身	地產經紀	故事發生在荃灣中心內的樓盤。故事指該屋苑在荃景圍，並以中國省份命名屋苑內的大廈。只有荃灣中心符合這些描述。
撞上道袍凶屋	地產經紀	故事發生在粉嶺廣場內的樓盤。

故事名稱	故事來源身份	故事背景
《你話嘅，呢個世界有冇鬼？》（性質：電台廣播）		
高檔商場 鬼童現身	商場保安員	九龍某商場
三越百貨 恐怖回憶	三越百貨內 兼職店員	三越百貨
十字架影像 入屋招靈運	地產經紀	跑馬地近馬場某單位樓盤
《魂游全港》（性質：電台廣播）		
逃獄反被 鬼魂捕捉	赤柱監獄 懲教員	赤柱監獄的行刑室
停車場驚現 紙紮車	該豪宅的 保安員	香港近瑪麗醫院的一幢豪宅
香港人網新 辦公室鬧鬼	香港人網 幕後員工	鰂魚涌仁孚工業大廈 香港人網新辦公室
香港中文大學的鬼故事（性質：大學流傳）		
一條辮路	香港中文大學 學生	眾志飯堂後的小路
小指	香港中文大學 學生	眾志堂附近秋千架
111 室	宿舍宿生	志文樓宿舍

　　如本書前文所述的一樣，在表一中不難留意到一個有趣的現象。在不少鬼故事的敘事中，若然故事所述的不是個人親身經歷之事，則大多數都會指出，講述之事乃轉述當事人之見證。不僅如此，從表二可見，若故事乃轉述他人之事，資料來源往往與故事發生背景對應，而且更於該背景有一定的權威性。例如，講述

監獄鬼故事的是監獄懲教員而不是囚犯、講述圖書館鬼故事的是圖書館職員而不是一般市民、講述樓盤鬼故事的是地產經紀而不是買家。同時，從表二亦可見，這樣的敘事手法不是偶一為之，也不因某特定作者或某種傳播媒介的寫作習慣而然。

還有一點值得留意的是，在個人見證類的鬼故事敘事中，不少作者講述故事背景時很簡單地利用「我回家時見到……」、「在我以前的中學裏……」、「我走到樓下的球場，看見……」等方法交代背景；而在非個人見證類的鬼故事中，作者講述故事背景時常常都會加入現實地方的真實名字，如九龍某個商場、銅鑼灣某圖書館、元朗大棠某村屋等。

綜合以上的各種手法，這樣鋪陳主要目的是提高故事的可信性。使用第一人稱、當事人之見證、權威性的身份等的手法，是要讓人覺得故事所述並非虛構，而是有人親身經歷過之事。至於加入現實地方的真名字，是要喚起香港人的集體回憶，來提高故事的可信性。表一和表二中所述的地方都是一些有名的、發生過都市傳說的地方（如九龍灣德福花園、天后廟、南固臺、贊育醫院等[1]），故事以這些地方為背景能讓故事看起來似是「有根有據」的。

刻意中立，勸你要信

除了以上的敘事手法之外，香港短篇鬼故事在寫作上還有一個獨特的地方。那就是敘事者會在故事中刻意表明其中性的立場，而有不少「信不信由你」、「我也不希望是真的」、「不管你信與不信」這一類的言辭（咦？筆者好像在本節內亦曾用過?!）。例如，在《口耳相傳的香港鬼故事──念念・不忘》中，〈彈波子〉

故事裏就寫了：「同埋……我都唔想你哋見到我見到嘅嘢……」[2]；〈箱根旅館〉裏有：「記住：如果你入到間酒店房覺得個頭痛得好唔尋常，又或者每行一步都好似有人喺後面跟住你監視住你咁……換房啦！」[3]；〈屋企出面個垃圾房〉內寫：「以下呢個係我自己嘅親身經歷，如果你驚睇完之後唔敢再出去掉垃圾嘅話，可以趁依家合埋本書先」[4]；〈油麻地停車場〉中寫道：「板仔板女們，玩還玩，真係要知埞，唔好周圍亂踩，好易踩親……」[5]。《入夜後不要單獨留在學校》一書的〈自序〉中，作者就自白：「如能重新選擇，我寧願沒有遇上靈異之事」[6]。又例如，在《恐怖十大》中的〈連番撞邪實錄〉裏，作者有言：「不懂得你信與不信……」[7]；〈同窗瞬間消失〉裏又言：「鏡子面對長廊，會令人突然消失？傳說不得而知，不過鄰近的日本，卻有類似個案……」[8]。在《香討鬼故》的各篇短篇小説間亦不乏「我唔係要你驚，唔係要你瞓唔着……」[9]、「我只可以奉勸大家，三更半夜無啦啦有人嗌你個名，千祈千祈千祈，唔好應機。唔小心應咗，我祝大家係第三種可能啦。聽錯啫，無事無事」[10]、「不過我都係聽返嚟，所以很難知道係咪真」[11]。從以上引述的眾多鬼故事可知，這一種語調在不同作者及不同性質的作品中均可以見到。

與之前的章節一樣，筆者在以下的部分提供了兩個範例給讀者們參考。兩個範例所述的乃同一個故事。版本一包含第一身敘事手法、友人見證、語氣中立等寫作元素；版本二則如常地寫下故事。讀者們可以比較一下，兩者之間哪一個令你有更深的印象呢！

寫作範例：〈酒店地下室〉版本一

在這段日子裏，筆者為了尋找靈感寫作，幾乎每一次與友人相聚時，都不忘問他們：「你有沒有撞過鬼？」其實，很多時候我都失望而回。我聽到的撞鬼經歷都不像電台聽到的一樣精彩，不外乎是「疑似見到→看清楚一點→再看不到了」的經歷。

在眾多的朋友當中，只有阿賢從未叫我失望。我在《香港都市傳說全攻略》中已經提過他在辦公室裏的經歷（詳見拙作頁91-92），以及他在帶領童軍時的經歷（詳見拙作頁203）。他是我中學時的老友，大學修讀創意媒體。由於工作的關係，他經常要到不同的地方進行拍攝工作。他的經歷可謂「多采多姿」。以下的是一段他親口告訴我的經歷。

那天，我們相約在觀塘的一間素食餐廳相聚。一坐下來，我便跟阿賢説：「兄弟，我又想你了。」阿賢説：「你別肉麻！」我笑道：「你想多了吧？我正在籌備寫新書，想問你有沒有新『見聞』罷了。」阿賢想了一會，便説：「自上次見面後都有不少新『見聞』，只是『精彩』的嘛……好吧！跟你談談我上深圳拍攝的那段經歷吧！」我已忍不住説：「快説來聽聽！」

「那次，我和同事們要到深圳進行拍攝廣告的工作。由於天氣時晴時雨，拍攝進度比預期慢一點，到了晚上約十一時才完成了當天的拍攝。」阿賢回憶着，然後繼續説：「其實，按照翌日的工作時間表，工作人員是可以回港休息一晚，第二天才回來繼續拍攝。可是，一想到中港間往返的長途車程，大家都不想回家了。畢竟，大家都不是新手了，一兩天在外暫住也是屢見不鮮了。於是，我們在就近第二天集合的地方，

嘗試找一間酒店住下來。」

「找不到？露宿街頭的鬼故事？」我問道。

「你不要那麼急！」阿賢喝了口茶，道：「我們結果找到了可以下榻的酒店。」

「當然，找到那酒店可是不容易的事。」阿賢繼續說：「或許因為挨年近晚，酒店職員起初跟我們說沒有房間。正當我們要走的時候，酒店經理急急趕來說：『請留步！』」

我感到有點雀躍了，笑說：「我嗅到鬼故事的味道了！」

明明正在說一些可怕的經歷，見自己的老友這麼開心。阿賢一臉無奈的繼續把故事說出來：「酒店經理跟我們說：『其實如果各位不介意房間沒有窗的話，我們酒店的地下層 B1 仍有房間的。』」

「你們照樣入住？那是 Basement 的房間！一聽就知有古怪！」我問阿賢。

阿賢反問我：「我們又可以怎樣？走了一兩間酒店都沒有房了，一大堆拍攝器材又重，大家又做了一整天了，都不想再走了。於是便答應住下來了。」

「之後呢？間房好有問題？」我感到差不多到劇情的高潮部分了。

「間房沒有問題，就沒有這段故事了吧？」阿賢回答說：「我和同事們第一眼就覺得房間的陳設好古怪。絕對可以用『怪裏怪氣』來形容。」

「雖然大家都有了心理準備那房內環境不怎麼樣，可是實實在在看到了房間時我們仍不免感到驚訝。」阿賢回憶道：「由房間的裝潢看來，酒店是盡量將這間房佈置得跟平常的

酒店房間沒有兩樣。然而，『儘量』終究是代表着有一定限度⋯⋯」

「一入房內立即有問題？」明明是在聽朋友不好的經歷，可是我的愉快感覺簡直是在臉上顯露了出來。

阿賢瞪了我一眼，繼續說：「一般房間有的傢俱擺設，這間房都一應俱全，兩張床、床頭櫃、梳妝台、電視、枱燈、掛畫、落地窗子、窗簾等。」

我立即打斷了他的話：「不是說入住地下層的房間嗎？怎會有落地窗子？」

「對！你沒有聽錯，我亦沒有講錯！是落地窗子！」阿賢說：「這才是我們一行人感到最奇怪的地方。位於地下層的房間當然不可能有窗戶，那只是一幅畫。」

「是畫？」我感到有點難以置信。

「是畫！」阿賢說：「一幅畫在牆壁上的落地窗子以及外間景色的圖畫。不只如此，牆上的掛畫都是畫上去的。不論是那幅畫本身，還是畫框，都是畫在牆上的畫。總之整間房的氣氛都教人感到很不舒服。」

「不過，不舒服又可以怎樣？」阿賢帶點訴苦的語氣：「一整日的拍攝已令一隊人精疲力竭了。我們又帶着一大堆沉甸甸的拍攝器材，我們當時都太不理會房間如何了。把手上的器材卸下後，攝影師攤在其中一張床上，不到三十秒就睡着了。你可猜想我們有多疲累了。」

「之後，我們就各自做自己想做或要做的事了。負責燈光的同事感到房間很悶熱，便去開啟冷氣和通風裝置，之後就動身去洗澡了。有另一位同事煙癮發作，跟所有人交代一聲後，便到後樓梯抽煙去了。雖然我也感到疲憊不堪，可是

休息之前還是要把那天拍好的片段檢查一次。因為若有需要的話，第二日亦可以及時補拍。」

我問道：「之後呢？」

「在剪片期間，我感到渾身不自在。雖然開啟了冷氣和通風裝置，卻總是覺得房間仍十分悶熱。我甚至隱約嗅到房中瀰漫着一股燒焦的味道。」阿賢再喝了口茶，說：「燈光師剛好洗完澡走出來，他說他也嗅到那股味道，但認為是通風裝置把後樓梯的煙味抽到房間裏才有這氣味。之後，他便坐在我身旁看着我在剪片。」

「就在這個時候，我們忽然聽到了身後傳出輕輕的『啪、啪、啪』聲音。很自然地，我們回頭望了一眼，卻只見到正在呼呼大睡的攝影師。我們都以為自己聽錯了，便繼續剪輯拍攝成果。誰知……」

我立即追問：「誰知甚麼？別賣關子了。」

「誰知不到一分鐘，我們身後又傳出『啪、啪、啪』的聲音。我和燈光師對望了一眼，都肯定對方聽到那聲音，於是又回頭一看。結果仍沒有甚麼異樣。」阿賢說：「但是這次比上一次更清楚，那是拍打玻璃窗的聲音。」

我忍不住插嘴，問：「拍打玻璃窗的聲音？你們的房間不是沒有窗嗎？」

「這才是詭異的地方嘛！」阿賢答：「燈光師之後鼓起勇氣去做了一件一般人會覺得很滑稽的事。」

我問道：「是甚麼事？」

「我們的房是沒有窗，但也是有窗的，對嗎？」阿賢答：「燈光師去把窗簾關起來，遮蔽着那幅怪異的落地窗子圖畫。」

「之後就沒有怪聲了？」我問。

「才不是呢！」阿賢說：「甫一關起窗簾，我和燈光師清清楚楚聽到窗簾後傳來更強烈的拍打聲音。」

「驚魂未定，在後樓梯抽煙的同事就一臉惶恐地回來了。他的神情有點呆滯，很難才吐出了幾個字：『走吧……不要留……留在這地下層了。』我們便立即拍醒了攝影師，器材也沒有收拾好便離開了房間，回到酒店大堂去了。」阿賢帶點怒氣說：「職員見到我們忽然大半夜回到大堂，就前來查問有甚麼地方可以幫我們。當我們說我們是下榻地下層房間的，想在大堂坐一坐。職員便沒有再多問一句了，很明顯他們是知道地下層的房間是有古怪的。」

「抽煙的同事發生了甚麼事？」我追問道。

「坐了一會，大家都大致平伏心情後，那同事便把梯間的經歷娓娓道來。」阿賢回答說：「他說：『我在後樓梯抽煙時，見到有人在上一層梯間探頭出來。我以為是職員在巡視，便對他說：「不好意思！這裏不許抽煙嗎？我抽一支便走！」對方沒有回答我。於是我便往上走，想當面交代兩句。可是，走到上一層時，一個人的蹤影也沒有。我只好回下一層去繼續抽我的煙。我向下望時，發現同一張面孔在下一層梯間探頭出來。當我一邊向下走，一邊想開口解釋時，那人忽然又不見了。到我回到原位時，那張面孔又在上一層梯間探頭出來，目無表情的看着我。我立即拔腿就跑，回房叫大家走。』」

「這樣真的嚇壞人了！」我說。

「對呀！大家都冒起了一種打從骨頭發出的寒意。那一晚，我們就在大堂裏度過了，期間亦沒有職員敢多問一句。」阿賢說：「待天亮之後，我們堅持在酒店職員帶領下，回到

房間收拾好並辦理退房手續。我們以後都不敢再入住地下層的房間了。」

　　以上的故事就是原原本本筆者跟友人的對話了，並無任何修飾增補的成分。以後若你們有機會遇上地下層的房間，決定入住前請想想我友人的經歷，再作決定吧！

寫作範例：〈酒店地下室〉版本二

　　阿賢是一名讀創意媒體出身的設計師，畢業後從事了廣告拍攝工作行業。因此，他經常都要離港進行拍攝。

　　有一次，他到了深圳拍攝工作。當日的進度比預期慢一點，到了晚上約十一時才完成了當天的拍攝。本來按照翌日的工作時間表，工作人員是可以回港休息一晚，第二天才回來繼續拍攝。可是，一想到中港間往返的長途車程，這隊可算是「熟手技工」的團隊都不打算回港。他們在就近明天集合的地方找了一間酒店下榻。或許因為挨年近晚，酒店職員跟他們說沒有房間。正當他們要走的時候，酒店經理急急趕來，說：「其實如果各位不介意房間沒有窗的話，我們酒店的地下層 B1 仍有房間的。」

　　阿賢一行人帶着一大堆拍攝器材，早已疲憊不堪。雖然地下層的房間聽起來真的不太吸引，可是他們也知道不能再挑剔了。這種日子到另一家酒店亦不見得一定有房間，於是他們就答應住下來了。

　　阿賢和同事們打開門後一眼看去，「怪裏怪氣」是唯一他們想到能形容房間的詞語。雖然大家都有了心理準備那房內環境不怎麼樣，可是實實在在看到了房間時他們仍不免感到驚訝。由房間的裝潢看來，酒店是儘量將這間房佈置得跟平常的酒店房間沒有兩樣。然而，「儘量」終究是代表着有一定限度……

　　一般房間有的傢俱擺設，這間房都一應俱全，兩張床、床頭櫃、梳妝台、電視、枱燈、掛畫、落地窗子、窗簾等。對！是落地窗子！這才是阿賢一行人感到最奇怪的地方。位於地下層的房間當然不可能有窗戶，那只是一幅畫。一幅畫在牆

壁上的落地窗子以及外間景色的圖畫。阿賢他們再仔細地看看房內的擺設後，他們發現牆上的掛畫都是畫上去的。不論是那幅畫本身，還是畫框，都是畫在牆上的畫。

儘管房間怪裏怪氣的，早已精疲力竭的他們都太不理會房間如何了。大夥兒一入房就把沉甸甸的拍攝器材卸下。攝影師攤在其中一張床上，不到三十秒就睡着了。負責燈光的同事感到房間很悶熱，立即去開啟冷氣和通風裝置，之後就動身去洗澡了。有另一位同事煙癮發作，跟其他人交代一聲後，便到後樓梯抽煙去了。阿賢都感到極度疲倦，可是作為項目主管的他仍未能休息。他要先再檢查一次今日拍好的片段，明天有需要的話可以及時補拍。

在工作期間，他感到渾身不自在。雖然開啟了冷氣和通風裝置，卻總是覺得房間仍十分悶熱。他甚至隱約嗅到房中彌漫着一股燒焦的味道。燈光師剛好洗完澡走出來，他也嗅到那股味道，但認為是通風裝置把後樓梯的煙味抽到房間裏才有這氣味。

燈光師吹乾頭髮後，坐在阿賢身旁看着他在剪片。忽然，二人聽到了身後傳出輕輕的「啪、啪、啪」聲音。他們回頭一看，後面只有好夢正酣的攝影師。大家都以為是聽錯了，於是二人繼續觀看拍攝成果。誰知不到一分鐘，二人身後又傳出「啪、啪、啪」的聲音。二人對望了一眼，回頭一看仍沒有甚麼異樣。不過，他們都聽得很清楚，那是拍打玻璃窗的聲音。可是，位處地下層的房中哪有甚麼玻璃窗?! 燈光師鼓起勇氣去做了一件一般人會覺得很滑稽的事。他去把窗簾關起來，遮蔽着那幅怪異的落地窗子圖畫。

甫一關起窗簾，阿賢和燈光師清清楚楚聽到窗簾後傳來更強烈的拍打聲音。這個時候，在後樓梯抽煙的同事回來了。

他一臉驚魂未定的神色，一入房門就說：「走吧！不要留在這地下層了。」他們心知不妙，叫醒了攝影師後，連器材都沒有拿回就離開了房間，回到酒店大堂去了。當職員前來查問有甚麼地方可以幫他們時，他們回了一句我們是下榻地下層房間的，想在大堂坐坐。職員便沒有再多問一句了。

在大堂坐下後，阿賢和燈光師跟外出抽煙的同事說明房內發生了甚麼事後，亦隨即問他為何驚慌失措地回來。他徐徐道出其在梯間的經歷：「我在後樓梯抽煙時，見到有人在上一層梯間探頭出來。我以為是職員在巡視，便對他說：『不好意思！這裏不許抽煙嗎？我抽一支便走！』對方沒有回答我。於是我便往上走，想當面交代兩句。可是，走到上一層

時，一個人的蹤影也沒有。我只好回下一層去繼續抽我的煙。我向下望時，發現同一張面孔在下一層梯間探頭出來。當我一邊向下走，一邊想開口解釋時，那人忽然又不見了。到我回到原位時，那張面孔又在上一層梯間探頭出來，目無表情的看着我。我立即拔腿就跑，回房叫大家走。」

眾人都冒起了一種打從骨頭發出的寒意。那一晚，他們就在大堂裏度過了，期間亦沒有職員敢多問一句。一行人等天亮之後，堅持在酒店職員帶領下，回到房間收拾好並辦理退房手續。他們之後就算再疲累，都不敢再入住地下層的房間了。

相信讀者們亦會看到兩個故事的分別，似乎「有朋友告訴筆者」的版本一更易令人產生「真有那麼一回事」的感覺。為甚麼會有這樣的感覺呢？心理學理論能說明這種感覺是如何產生。綜合本節曾提及過的寫作手法，當中包括了：❶ 第一人稱的方式寫作、❷ 轉述當事人之見證、❸ 加入現實地方的真名字，以及❹ 刻意表明其中性的立場。若然用心理學理論揭示以上的寫作手法，故事內含一些屬於說服溝通（Persuasive Communication）的元素；目的是要說服讀者，令其相信故事中所述的皆屬真實。

來源可靠更恐怖

耶魯大學心理學教授霍夫蘭（Carl Iver Hovland，1912-1961）對態度改變的研究作出了很大的貢獻。他的研究成果被稱為耶魯學派的說法（Yale Attitude Change Model）。霍夫蘭進行了一系列有關態度改變的研究，並就此發表了多份學術論文，如：

〈藉由溝通轉變態度〉[12]、〈訊息來源的可靠性對溝通有效性之影響〉[13]、〈調解衝突之研究——從有關態度轉變的實驗及問卷調查法探討〉[14] 等。綜合而言，根據霍夫蘭的研究所得，影響一個人是否接受溝通內容的變數共有四項，當中包括了：訊息來源、訊息特性、訊息接收者特性及訊息接收者的反應[15]。以上提及過的寫作手法可以就訊息來源和訊息特性兩點進行講述。

有關訊息來源方面，態度改變的效果大小受到了來源可靠性（credibility）之影響。霍夫蘭曾就訊息來源的可靠性對態度的改變進行研究，研究所得指出，高度可靠的訊息來源對參與者的態度改變有顯著的影響力[16]。此外，有關可靠性的判斷，據霍夫蘭的研究指出，溝通者的身份及訊息的來源是否與所涉之事件或議題相關，是非常重要的因素[17]。總括而言，關於訊息來源對態度改變的影響：第一，高度可靠的溝通者，比那些低可靠度的溝通者更具有說服力；第二，溝通者的身份及訊息的來源若與所涉事件對應，則容易令人認為其可靠性較高。

由此可知，何以大多數的香港短篇恐怖故事都會在訊息來源上下工夫。原因是為了提高可信度，藉以提升嚇倒讀者／聽眾之可能性。它們不是以第一人稱的方式寫作，就是轉述當事人之見證；更進一步來說，轉述當事人見證一類故事，當事人都是與故事背景相關的。強調故事中所述為敘事者親身所經歷，是為了表示故事不是道聽途說地收集回來。運用第一人稱寫作手法是要跟讀者說，故事的主人翁就是講故事的人，當中所歷的就是「我」的所見所聞。如此一來，試問有誰能比「我」更具權威去講述此故事？另外，為了進一步加強可信性，縱使故事是講述作者親證之事，當中亦有不少是有親友在旁一同見證着的。這樣就好像向讀者說，故事所載並非憑空捏造而是有人證在旁，以證故事所述

之可信性。

　　至於，有關非個人見證類的鬼故事，為了說服讀者故事所述屬實，則大多數會在故事來源多加着墨。故事或來自：一、敘事者親友；二、涉事人士親友；和三、與故事發生背景對應的人士。尤其是第三種故事來源，那些人更於該場合有一定的權威性。例如，圖書館對應圖書館職員、監獄對應監獄懲教員、工程對應地盤工人、樓盤對應地產經紀、酒店對應酒店管理從業員、公路對應職業司機等。其實，仔細去想，在圖書館接觸到靈體可以是一般市民、在監獄碰到怪事可以是囚犯、在公路見到鬼影可以是乘客、看樓盤時遇到靈異事件可以是買家。將故事來源寫成為具有一定權威的人士，其目的也是為了提高故事的可信性。此外，非個人見證類的鬼故事還有一特別之處：比較個人見證類的鬼故事，它們更多用上了現實地方的真名字。這種做法無非要令故事被描述得真有其事一樣，借此以提高可信性。

沒有偏見的說服溝通技巧

　　有關訊息特性方面，據霍夫蘭的研究，訊息接收者有沒有對溝通者作出懷疑是至關重要。霍夫蘭與曼德爾在一項實驗研究中，發現了以下的結論：被視為無偏見的溝通者，其溝通的效果最為顯著；被懷疑對話動機而又不肯提供結論的溝通者，其溝通的效果為最差 [18]；相比之下，有明確態度且能提出結論的溝通者，其溝通的效果比前者更佳 [19]。

　　在香港短篇鬼故事中，作者往往有一種強調自己是中立的、信不信由你的語調。這種敘事手法意圖向讀者表明，作者並無任何偏見或企圖要讀者相信他的故事。按霍夫蘭的研究，這種手法

最有說服人的效果。有趣的是，不只是短篇恐怖故事的敘事手法如此。以筆者曾閱覽的書籍而言，連描寫都市傳說的作品亦有這種敘事手法。例如，在《不為人知的都市傳說》一書中，作者在〈自序〉裏寫下：「內文皆為都市傳說，僅供參考，其真實性仍待後人驗證；如感到身體不適，請立即停止瀏覽確保平安」[20] 一語。

又例如，在《排在龍尾別回頭 令人顫慄的都市奇談》一書中，作者反問了讀者以下的問題：「香港有很多涉及靈異的都市傳說，說者都繪形繪聲，務求增加傳聞的可信性，當中『有真有假』，各位讀者聽過多少，又認為當中所講的，有多少與事實不符呢？」[21]。正如不少短篇恐怖故事一樣，兩位作者都向讀者表示他們對傳說持中立的態度。可見，不少本來教人疑信參半，卻又希望人相信其所述內容之故事，其作者都會用這種「貌似中立」的敘事手法來提高說服他人效果。

小結

　　結合以上數節所述，要寫出一個好的短篇鬼故事，包括以下的四大法則：

- 法則一：日常生活作故事背景——
  令讀者感到日常生活的環境沒有想像般安全
- 法則二：大眾臉的主人翁——
  容易代入受害人角色，令讀者感受到故事帶來的恐怖
- 法則三：普普通通的恐怖角色——
  讓讀者有可能相信故事所述的事情

■ 法則四：未完之事作結局──

加深讀者印象，並讓故事所引起的恐懼蔓延到現實
生活去

　　為了令鬼故事真正能夠嚇倒他人，你還需要運用
說服溝通的技巧，在以下提出的敘事手法下一點工夫，
當中包括：

參考耶魯學派理論的寫作要領

■ 元素一：故事來源可靠──

令讀者感到你的故事是有根有據的真實事件
你可以選擇運用第一人稱的方式寫作，並指出身邊
有見證事情之人。
若敘事沒有採用個人見證手法，你可以指你是轉述
他人之經歷。你可以指轉述之經歷來自你親友，又
或者是來自與故事發生背景對應的人士。

■ 元素二：加入現實地方的真名字──

借喚起讀者的集體回憶，來提高故事可信性
你可以選擇一些耳熟能詳的、發生過都市傳說的地
方作故事背景。

■ 元素三：保持中立的語調──

中立的語調最有說服人的效果
越是想嚇倒人，就越是不要太過着跡。緊記！強調
自己是中立的、信不信由你的語調最有效。

真實地方的都市傳說

要人相信你的故事好難？我們不如看看一位撒謊高手怎麼講。在《鹿鼎記》的〈第十六回 粉麝餘香銜語燕 佩環新鬼泣啼烏〉之中，有一段文字形容一位撒謊高手的說謊要訣：「他精通說謊的訣竅，知道不用句句都是假，九句真話中夾一句假話，騙人就容易得多。」這位撒謊高手就是韋小寶了。

要令人感到故事來源可靠不難，隨便說個見證人的名字便可以。可是，要在故事加入現實地方的真名字就要下點工夫了。如果你能夠作一個鬼故事，恐怖角色或事件與現實地方的傳聞相應，那必定大大增加故事的可信性。

因此，若要加入現實地方的真名字，你先要進行一番資料搜集，該地方有甚麼鬼故事和都市傳說。不然的話，你剛說完一個有關命案冤魂的鬼故事，有聽眾告訴你：「我就是剛搬進該屋苑，買之前查證過，屋苑內並無凶宅！」那麼，你一定尷尬得想挖個洞鑽進去了！故此，平常就要多作資料搜集，記錄甚麼地方有甚麼鬼故事和都市傳說。

問 現在就試試整理搜集得來的鬼故事和都市傳說，按真實地方分類，用文字記錄當中發生過的事件。

真實地方	事件

小練習

假裝中立的「佳句」

想嚇人又不能太過着跡委實不易。難道真的次次都講「信不信由你」嗎？

今次的小練習十分簡單：抄！讀者們可以試一試，當你閱讀時見到假裝中立的「佳句」，不妨抄錄下來。然後看看自己能不能夠變通一下，用在自己的故事裏。

例句：

「不懂得你信與不信⋯⋯」《恐怖十大》

「如能重新選擇，我寧願沒有遇上靈異之事⋯⋯」《入夜後不要單獨留在學校》

「我唔係要你驚，唔係要你瞓唔着⋯⋯」《香討鬼故》

「不過我都係聽返嚟，所以很難知道係咪真⋯⋯」《香討鬼故》

問 翻翻書或上網找找看，試抄錄兩句假裝中立的「佳句」。然後試試在抄錄佳句的基礎上，加以改寫成一句新的。

抄錄：**❶** _____

　　　❷ _____

改寫：**❶** _____

　　　❷ _____

註釋：

1. 潘啟聰、施志明：《香港都市傳說全攻略》，（香港：中華書局，2019 年）。

2. 離奇家遮：《口耳相傳的香港鬼故事——念念‧不忘》（香港：小明文創，2017 年），頁 8。書面語為：「並且……我也不想你們看見我看到的東西……」

3. 同前註，頁 20。書面語為：「緊記：如果你入住酒店房間時，感到不尋常的頭痛，又或者在房間中走每一步都感到像是有人從後跟着和監視你……你還是換另一間房吧！」

4. 同前註，頁 31-32。書面語為：「以下是我所親身經歷的，如果你怕閱畢後不敢再去扔掉垃圾的話，你還是趁早把書合上」

5. 同前註，頁 47。書面語為：「各位玩滑板的朋友們，找樂子的時候不要隨處玩滑板，這很容易遇上……」

6. 中文老師：《入夜後不要單獨留在學校》（香港：大眾書局，2018 年），頁 7。

7. 梁彥祺：《現靈記 2 之恐怖十大》（香港：創造館，2016 年），頁 69。

8. 同前註，頁 125。

9. 香港討論區：《香討鬼故》（香港：網匯科技，2016 年），頁 192。書面語為：「我不是要你驚，不是要你不能入睡……」

10. 同前註，頁 218。書面語為：「我只可以奉勸大家，夜半裏忽然有人呼喚你的名字，千萬不要回應。若不慎回應了，那麼我祝大家是第三種可能：只是聽錯，無事發生。」

11. 同前註，頁 296。書面語為：「不過我也只是聽回來，所以難以判別真偽。」

12. Hovland, C., & Hunt, J. Mcv. Changes in attitude through communication. *The Journal of Abnormal and Social Psychology*, 46.3 (Jul 1951), pp.424-437.

13. Hovland, C., & Weiss, W. The Influence of Source Credibility on Communication Effectiveness. *The Public Opinion Quarterly*, 15.4 (Jan 1951), pp.635-650.

14. Hovland, C., & Russel, Roger W. Reconciling conflicting results derived from experimental and survey studies of attitude change. *American Psychologist*, 14.1 (Jan 1959), pp.8-17.

15. 詳見：李茂政：《人際溝通新論——原理與技巧》（台北：風雲論壇，2007 年），頁 317-322。

16. Hovland, C., & Weiss, W. The Influence of Source Credibility on Communication Effectiveness. *The Public Opinion Quarterly*, 15.4 (Jan 1951), p.647.

17. 同前註：頁 649。

18. Hovland, C., Mandell, W., & Hunt, J. Mcv. An experimental comparison of conclusion-drawing by the communicator and by the audience. *The Journal of Abnormal and Social Psychology*, 47.3 (Jul 1952), 588.

19. Hovland, C., & Hunt, J. Mcv. Changes in attitude through communication. *The Journal of Abnormal and Social Psychology*, 46.3 (Jul 1951), p.432.

20. Shawn Chen：《不為人知的都市傳說——神秘暗網、末日教派、恐怖怪談》（香港：英屬維京群島商高寶國際有限公司台灣分公司，2016 年），頁 5。

21. 尹天仇：《排在龍尾別回頭 令人顫慄的都市奇談》（香港：文化會社有限公司，2018 年），頁 114。

Chapter 3

長篇恐怖小說寫作法

嚇，是撐不起一部小說的：卡羅爾的「好奇／着迷」法

別以為創作恐怖故事，便把所有嚇人的點子一股腦兒往故事裏塞，這就是一部好的作品了。如果你這樣想，你就太少看恐怖類作品了。

在〈篇幅長短有影響〉一節之中，筆者已經提及過長篇故事的寫作考慮多，《小說面面觀》提及的已有故事、人物、情節、幻想、預言、圖式和節奏七個面向。光是一個「嚇」字絕不足夠支撐起一部長篇的恐怖作品。

筆者之前就曾經提及過卡羅爾在《恐怖哲學》一書中，曾經以「好奇／着迷」的結合去分析恐怖故事的敘事結構。本節就嘗試向各位讀者詳細交代「好奇／着迷」的說法，以供大家進行寫作時參考之用。

與之前的章節不同，長篇故事很難提供範例以作說明（若提供範例，筆者不如多出一本小說去）。因此，筆者會以現有的作品分析為例，去闡明卡羅爾所指出的「好奇／着迷」之說如何體現在眾多作品的敘事結構中。為了保障別人作品的銷路，筆者會掩蓋作品真名的方式進行講述。若讀者猜到是哪部作品，那是你們聰明，不要怪筆者劇透啊！

卡羅爾對恐怖故事的觀察

卡羅爾留意到，不同學者對恐怖類故事之所以吸引讀者有不同的看法。

有學者指出恐怖類故事之所以吸引人，或許是因為讀者感到恐怖的角色富有魅力（例如吸血鬼），繼而產生出仰慕的心態。有學者指出恐怖類故事吸引人之處乃基於刺激感覺的追求。可是，這些說法只能解釋某類型作品而非全部的恐怖類故事。

根據卡羅爾的觀察，恐怖故事作品不一定有一致的恐怖角色、也不一定有具大能力的恐怖存在。讀者們可以去看看《大白鯊》（*Jaws*，1974）、《橫衝直撞的螃蟹》（*Crabs on the Rampage*，1981）和《羊》（*Sheep*，1994）啊！故事裏的恐怖角色哪有吸血伯爵般迷人？!

然而，卡羅爾注意到不少的恐怖故事作品，都以非常相似的方式進行敘事。他得出的結論是：讀者對恐怖故事的真正興趣未必整個落在恐怖角色的身上，某種敘事的手法或許才是引起讀者興趣和快感的關鍵所在[1]。卡羅爾同意恐怖角色在故事中確實重要，但卻只是令故事吸引人的部分原因，而並非故事之焦點所在。

簡單一點來說，按照卡羅爾的分析，長篇恐怖故事的劇本比其主角更重要呢！

卡羅爾的「好奇／着迷」理論

卡羅爾對於恐怖故事的敘事結構進行了詳細的分析，因而提出了「好奇／着迷」之說。有關恐怖故事的敘事結構，卡羅爾指出不少的恐怖故事，其結構多圍繞着驗證、揭曉、發現，及確認存在一些不可能或有違現有概念的東西[2]。換句話說，恐怖故事之

所以吸引，皆因在敘事中包含了好奇及着迷兩大要素，兩者互相配合而產生吸引讀者之效。

在恐怖故事的敘事結構中，作者常常藉着埋下伏筆和迷團來勾起讀者的好奇心；作為恐怖故事，其伏筆和謎團想當然亦是與恐怖的事物相關。讀者一直讀下去的時候，謎團慢慢地被驗證和揭曉，好奇心亦漸漸被滿足。與此同時，就在謎團慢慢地被梳理清楚時，讀者一步步的發現及確認存在恐怖的事物。恐怖的事物越是不可能或有違現有概念，讀者就越是感到着迷。畢竟我們日常生活太沉悶、太刻板，恐怖事物越是不可思議，故事就越令人感到着迷。一方面故事結構能滿足讀者的好奇心，另一方面恐怖角色的未可知性質令讀者着迷，這就是卡羅爾的「好奇 / 着迷」理論。

信不信由你！（又來了！）卡羅爾的「好奇 / 着迷」理論能見於不少香港的長篇恐怖故事。以下就藉一些香港恐怖故事小説，向各位讀者説明卡羅爾展示的敘事結構確實值得新手作家多加學習。

詳細分析例子

範例一 《重複的 X 子站》	
好奇	在《重複的 X 子站》的第一章末，作者已寫出第一個謎團：一向人頭湧湧的太子站在早上的上班時間，竟空無一人；而且主人翁 Fred 更是明明剛經過了一次太子。 還有一點令人摸不着頭腦，那就是作者反覆地指太子站瀰漫着一股獨特的糞味。作者就在這種故事佈局下完結第一章。

着迷

小說以《重複的 X 子站》為名，其實明顯向讀者們表明，故事是以一則香港都市傳說作為體材。在二〇一五年七月，有人在香港討論區發帖問了一個簡單的問題，然而該帖文火速成為熱話，迄今已有 765,641 瀏覽次數，累積了 1,171 個回覆。那一則題目為〈［其他］搭地鐵，有無人試過咁？〉的帖文其實就只有一句話：「喺太子上車後，下一站又係太子」。有部分網民的回覆令事件聽起上來十分靈異，「重複的太子站」迅速成為了一則哄動一時的都市傳說。（詳見拙作《香港都市傳說全攻略》頁 214-221。）

可見，作者是有意借都市傳說來作為故事中不可思議之事，以引起讀者的着迷感覺。

好奇

第二章令人更感好奇的是，Fred 明明已回到居住的大廈了。可是，電梯一開門便湧入那股獨特的糞味，而外面竟然是太子站！

第二章末又是另一個謎團的出現。由於電梯沒有反應，正在猶豫要不要走出電梯的 Fred 見到女友 Mable 在站內哭泣因而跑了出去。然而，不論 Fred 怎樣跑，二人的距離都沒有拉近。

着迷

在第二章中，「重複的太子站」的恐怖成為了敘事的骨幹。明明已回到居住的大廈，卻又好像仍離不開太子站。被困在電梯沒有進展，又明知出電梯入太子站有問題。加入女友忽然在站內哭泣的謎團，導致主角進入了奇怪的太子站，而主角在站內怎跑都難以前進。作者極力在第二章中描繪出一個恐怖的太子站。

好奇

在第三章之中，故事的氣氛似乎緩和了。

不過作者仍繼續留下謎團，例如 Fred 在〈三十歲 IT 男過度加班於公司猝死〉的新聞中見到的死者照片後，一種熟悉的感覺湧上心頭卻想不出因由。

章末亦以「當時我還未知道，等着我的會是多可怕的事」[3] 一句為後章鋪路。

第三章以作者在網路上搜尋「重複的太子站」的資料，加強對都市傳説的描述，以加深讀者對這個都市傳説的印象。

故事到了第五章〈下一站太子〉時，「重複的太子站」的恐怖正式浮現出來。Fred 由太子站上車出發，下一站卻又是太子。更甚者，Fred 更是因女友提出分手之故，而不知不覺地在這恐怖的太子站內逗留了個多小時。

着迷

恐怖的事接二連三的發生。車廂的緊急通話掣起初沒有反應，只傳來沙沙聲。後來卻有一把非常高音的聲，逐字逐字地重複「下⋯⋯一⋯⋯站⋯⋯太⋯⋯子⋯⋯」。即使 Fred 撥打九九九亦被人掛斷。Fred 在車廂內不斷地跑亦不見有人。

故事到了第六章時，作者又再加入一個新謎團。

當 Fred 跑到接近車頭時，看到一個男人坐着。Fred 才剛剛叫一叫他，那男子就立即跑掉。

Fred 追出去之後不但發現男子全無蹤影，自己乘坐的列車也不見了。

不禁令讀者好奇，Fred 在夜半時分於重複的太子站內將會發生甚麼事。故事亦留下一伏筆指 Fred 在重複的太子站內拾到一本紅黑硬皮簿。

好奇

故事在第七章繼續展開一個又一個的新謎團。例如：

Fred 在重複的太子站內睡醒後，發覺四周的人都跟平常不一樣，帶點詭異的神情；手機一直都接收不到訊號；公司竟然像荒廢了一般時間，而同事桌上竟有「死亡，2014」的白色大字。

第六章及第七章裏每一個謎團都與恐怖事件相連，當中包括消失的男子、四周神情詭異的人、荒廢了的公司，以及同事桌上「死亡，2014」的白色大字等。

着迷

　　　第八章繼續展開第七章留下的謎團，作者指出 Fred 發現不只是在名為 Charles 的同事桌子上，就連自己及其他同事的桌面都寫有「死亡，某年份」的字。

　　　當需要推敲桌上的資料，Fred 把數字都抄在太子站內拾獲的紅黑硬皮簿裏。正在思考期間，偶爾發現簿內寫有「我的志願」的下方有一名字「陳嘉輝」。可是 Fred 對此名沒甚麼印象。

　　　正要離開上司座位時，見到一名男子。在第九章認出他就是在重複的太子站內遇到的男子。

　　　謎團在第九章似乎越來越多，但卻是比之前的章節越發清晰。Fred 與男子竟因一個古怪的議題而作出了爭論：是 Fred 還是男子才是死者 ?! 兩人在爭論期間亦展開了紅黑硬皮簿的搶奪戰。

好奇

　　　Fred 在搶奪戰中暈倒了。男子的言談間留下一個謎團，指 Fred 留下來會好似病毒一樣，影響其他人；因而叫 Fred 快點離開。

　　　同一番說話在第十一章再次出現。

　　　在第十一章，Fred 甚至因被人發現他不屬於此世界，幾乎被人殺死。不過，謎團依舊未解開，作者故意在對話中保持神秘感，一方面有人說「你應該返去屬於死人的地方」，另一方面又有人說「只有真正的死人才不會影響此世界的平衡」[4]。到底 Fred 是死掉了，還是仍在生呢？「此世界」又是甚麼意思呢？到底是不是指死後世界？故事敘事到此，讀者仍然未能得到一個確定的答案。

　　　好了，分析還是到這裏就結束吧！
　　不然的話，該書作者可能想殺掉我，
　　　　出版界這就多一個鬼故事了……
　　如果想知道結局，讀者還是多買一本書吧！

簡單分析例子

	範例二《X 營盤》
好奇	《X 營盤》一開始的時候，作者就佈下了不少的謎團，例如： ■ 主人翁弘仔見到密密麻麻的紅色屍蟲在啃食同事達叔的身體，卻在回到員工休息室後又見到安然無恙的達叔[5]。 ■ 弘仔在值班期間，在地鐵路軌上遇到嘉琳，嘉琳忽然莫名其妙地對弘仔説不想再被捉走[6]。 ■ 弘仔在救下嘉琳後不久，就不明所以的被上司威哥襲擊，其後他在一片慘叫聲中暈倒，醒來卻已身在醫院裏[7]。
着迷	在故事的中、後段，謎團是來源於這個故事的恐怖角色： ■ 在故事的中、後段漸漸揭開，一切的謎團是源自一群來自地下的高智慧生物——幔特契。 ■ 幔特契就是這個故事的恐怖角色。他們因在日光和月光的照耀下會死亡，故此偷偷捉了不少人類，霸佔人類身體為求能在地面上生活[8]。 ■ 之前的謎團都與他們的行動有關。

	範例三《XX 的塱濠商場》
好奇	《XX 的塱濠商場》在故事開始時，表明塱濠商場於深夜仍開放其不合理： ■ 故事開始，主人翁陳海藍已對商店 H&N 於凌晨三時多仍然開門感到疑惑[9]。 ■ 另外，陳海藍亦對走不出塱濠商場及天色一直保持昏暗感不解[10]。 ■ 還有，陳海藍對於商場裏早有人知悉其名字，不論是在商場廣播中[11]，還是在電影海報上[12]，陳海藍都留意到自己的名字。他很擔心對方是怎樣得知其名字，又怎能夠把其名字印在電影海報上，更憂心其動機是甚麼[13]。

着迷	在故事的中段，隨着 Moon 這一強大的角色出現，故事早前的謎團逐漸解開： ■ 陳海藍發現幾乎所有大大小小的恐怖角色均與自己的心理狀況有關。 ■ 走不出塱濠商場原來是主角自己造成的。 ■ 最後，主人翁陳海藍得悉這個奇怪的塱濠商場是因為他接受不了愛犬之死，為逃避事實而創建出來的虛構空間[14]。

範例四：《絕望 X 廊》	
好奇	《絕望 X 廊》開首描述了主人翁曉符描述了她的一場不斷重複的惡夢，似暗示其內容與曉符之後的經歷有關[15]： ■ 曉符因婚禮前夕而回娘家待嫁，她進入屋邨後遇到的人都驚訝何以她能闖入此異域[16]，可是對她的出現卻一無所知。 ■ 又藉由一次電話對話留下一個謎題：將惡夢帶出這座大廈，還是拯救所有人，全由曉符一念之間決定[17]。
着迷	在故事的中、後段，敘事慢慢暗示有一關鍵的恐怖存在，找到了牠就能了解眼下困境： ■ 故事後段指出主人翁曉符原來正是眾人口中的怪物之一，名叫「遺忘」。 ■ 令眾人身處異域的始作俑者亦正是曉符本人。 ■ 她最初是希望藉殺死眾人作獻祭，用以復活其父母[18]。

　　向各位讀者介紹「好奇／着迷」的敘事結構，是希望為新手的作者們提供一種創作的方向。總不至於創作的熱情才起，執起筆來不知怎樣寫，就連一個大致的框架也沒有。由以上的例子可以見到，不少的長篇恐怖故事都呈現出卡羅爾的「好奇／着迷」敘事結構。故事一方面以謎團的展開及解惑貫穿整部作品，另一方面謎團與恐怖的事件環環緊扣以令人感着迷。

　　思考謎團的營造，一步步的展開和揭曉，可以在敘事上朝着這方向努力。在思考提出甚麼謎團的時候，可順道思考在故事採用怎樣的恐怖角色，以便在以後的情節逐漸地揭曉謎團與恐怖角色的關係。

　　當然，「好奇／着迷」之説只為作者們提供一個方向、一個框架、一種敘事結構。如何能將謎團與恐怖角色連結得絲絲入扣，在揭曉謎團時讓你們的讀者感到恍然大悟，同時間亦讓他感到恐怖角色之可怕；最後，當然要靠你們的努力了。

小練習

恐怖故事 Mind Map

　　有關長篇恐怖故事的創作，筆者還有一個建議可供各位讀者參考。未知各位讀者有沒有聽過甚麼是心智圖（Mind Map）呢？近年在寫作教學中，不少人都鼓勵使用心智圖。因為它對於構思故事十分有效，通過心智圖，可以將故事的人、事、物、時、地等元素以視像化形式表達出來，更容易思考接下來的佈局，以及各元素之間的聯繫。

　　恐怖故事既然以恐怖為主題，心智圖當然以恐怖事件為主題中心，按圖發展，讀者們就可以擴展你們的小說世界了！

心智圖示例

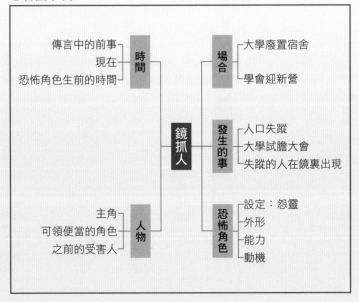

問 你的心智圖呢？試試動筆吧！

註釋：

1. 詳見：Carroll, Noël. *The Philosophy of Horror*，頁 179。

2. 同上註，頁 181。

3. 棟你個篤：《重複的太子站》（香港：星夜出版，2017 年），頁 21。

4. 同前註，頁 85-86。

5. 詳見：有心無默：《西營盤》（香港：點子出版，2018 年），第 20-23 頁。

6. 同前註，第 34-39 頁。

7. 同前註， 第 40-51 頁。

8. 同前註，第 166-173 頁。

9. 詳見：陳海藍：《熱鬧的塱濠商場》（香港：點子出版，2018 年），第 11 頁。

10. 同前註，第 20 頁。

11. 同前註，第 14 頁。

12. 同前註，第 73-74 頁。

13. 同前註，第 74 頁。

14. 同前註，第 257-272 頁。

15. 詳見：有心無默：《絕望走廊》（香港：點子出版，2018 年），第 10-11 頁。

16. 同前註，第 20、32 頁。

17. 同前註，第 33 頁。

18. 同前註，第 330-333 頁。

後　記

後記

　　如果把《香港都市傳說全攻略》和《鬼王廚房》計算在內，拙作已是筆者第三本以「鬼鬼怪怪」為主題的書了。有不少朋友都會問，真的有這甚麼多有關「鬼鬼怪怪」的題材可以寫嗎？實際上，每一次聯絡出版社之前，我都有問過自己這個問題。當然，筆者亦僥倖得到一些長輩和編輯朋友的支持，信任我真的能把書的寫作完成，才有這幾本小書。在此希望向中華書局的副總編輯黎耀強先生和郭子晴小姐表達謝意，把此書推薦予非凡出版。筆者非常感謝非凡出版柯穎霖小姐，在構思如何改良拙作及寫作的過程中，她給予筆者非常多的支持。沒有上述幾位朋友，那就沒有此書的出版面世了。筆者心裏十分感恩能夠認識他們。

　　回想自己開始學術地研究鬼故事的時間，那是大約始於二〇一六年，不知不覺至今已有五年之久。在二〇一六年十一月，筆者接受香港浸會大學文學院學生會之邀請，在一系列講座裏當其中一場的嘉賓。我還記得同場另一位嘉賓為施永青先生。當晚我的任務是用心理學的理論去分析一些常見的鬼故事敘事手法，甚或是報稱是真實的經歷。雖然筆者熱愛恐怖故事，可是很認真的學術分析倒是未試過。就是因為這次的活動，我就展開了恐怖故事學術研究之旅了。

　　不瞞大家（亦瞞不住大家），筆者是一名典型的「恐怖故事控」。我最喜歡的漫畫家是伊藤潤二，我最喜歡的電影是《閃靈》（*The Shining*），我最喜歡的作家有史蒂芬・金（King, S. E.,

1947-）和尼爾‧蓋曼（Gaiman, N.，1960-），我最喜歡的書是《所羅門之匙》（*The Lesser Key of Solomon*），我連學習占卜的卡牌也是惡魔塔羅牌（The Daemon Tarot）版本的。我的不少朋友趁太太不在身邊時，他們都約這個約那個，一群人去喝酒去擲鏢的。當我放假而太太不在身邊時，我最大的娛樂就是食早餐時看一部恐怖電影，之後看一會兒書，中午食飯時再看一部恐怖電影。這樣悠閒地過一天我就十分滿足了。後來因為工作太忙，而且孩子們出生了，這樣的日子就消失了。孩子們經常都會在家中，縱然有空亦很難在家中看恐怖電影了。再者，看着孩子們可愛的樣子，自己也忍不住放下私人時間去陪伴她們呢！大概剩下的相關娛樂就只有一面聽網台鬼故事，一面撰寫教材的時間了。

筆者不知道當大家閱讀鬼故事的時候有甚麼反應。對我而言，我喜歡鬼故事的原因也許是平日的生活太勞累吧？閱讀鬼故事時好像感到一種「麻痺感」。對！就是這種感覺了，就是給腦袋麻痺一下，離開這沉悶刻板的地方，去一個十分刺激的世界遊歷一會兒的感覺。也許是這個原故，對於恐怖故事的閱讀，筆者感到樂此不疲呢！希望各位讀者也能夠體會一下這種快樂！

為了準備浸大「關你鬼事？」的講座，筆者不僅重拾了閱讀鬼故事之樂，更是發現了對其進行學術分析的可能性。在眾多的鬼故事之中，其實我們不難發現其共通之處，例如：鬼的衣着、說話語氣、心理和行為等。因此，令筆者覺得鬼故事絕對可以提

升至學術層面去作研究。因為浸大講座的機緣，筆者就展開了這特別的研究之路：二〇一六年擔任浸大講座的嘉賓後，二〇一七年在恒生管理學院（現為香港恒生大學）以「口耳相傳的恐怖」作學術講座，同年在第二屆中華文化人文發展國際學術研討會發表〈恐懼在生活中蔓延〉的論文，二〇一九年在《高雄師大學報》上刊出〈恐懼蔓延——香港鬼故事的格式塔心理學分析〉一文，分別在二〇一九年和二〇二〇年與施志明博士合撰並出版《香港都市傳說全攻略》和《鬼王廚房》兩本書。這次出版拙作《完全鬼故事寫作指南——講鬼故，其實唔難》可謂是近幾年從文學角度研究鬼故事的總結。

　　這本書分了兩個部分，一部分講述短篇鬼故事的寫作方法，另一部分講述長篇的。不過，筆者認為，若讀者們真的有機會進行鬼故事的創作，兩個部分的內容並不一定要劃出楚河和漢界，而是可以嘗試融會貫通的。如果你寫的短篇鬼故事篇幅不太短，何不用謎團開始來引起讀者的好奇心呢？又如果你寫的恐怖小說題材適合，何不將當中的情節寫得生活化一些以營造更強的恐懼感呢？因此，筆者希望大家可以多點靈活地運用拙作所載的方法，期望大家可以寫出更多好的恐怖故事，屆時我一定會買大家的大作來看呢！

　　希望各位讀者會喜歡此書！

此書初版於二〇二一年付印。

這兩年全球受到疫病影響，很多人受苦受難，

甚至失去性命。筆者希望藉此書之發行流通，

衷心祝大家身心健康、生活平安。

盼將祝福送給每一位受過苦難的人。

參考書目

中文書籍

1. Shawn Chen：《不為人知的都市傳說——神秘暗網、末日教派、恐怖怪談》（香港：英屬維京群島商高寶國際有限公司台灣分公司，2016 年）。

2. 潘啟聰：《當文學遇上心理學——文藝心理學概論》（香港：中華書局，2019 年）。

3. 潘紹聰：《魂游全港》（香港：宇宙出版社，2013 年）。

4. 潘紹聰：《你話嘅，呢個世界有冇鬼？》（香港：宇宙出版社，2017 年）。

5. 棟你個篤：《重複的太子站》（香港：星夜出版，2017 年）。

6. 藍橘子：《阿公講鬼》（香港：小明文創，2017 年）。

7. 離奇家遮：《香討鬼故 貳》（香港：網匯科技，2016 年）。

8. 離奇家遮：《口耳相傳的香港鬼故事——念念‧不忘》（香港：小明文創，2017 年）。

9. 離奇家遮：《口耳相傳的香港鬼故事 II ——歷歷‧在目》（香港：小明文創，2018 年）。

10. 李茂政：《人際溝通新論——原理與技巧》（台北：風雲論壇，2007 年）。

11. 梁彥祺：《現靈記 2 之恐怖十大》（香港：創造館，2016 年）。

12. 鬼差：《香港猛鬼奇談（1）：我死得好鬼慘》（香港：超媒體出版社有限公司，2015 年）。

13. 考夫卡著，李維譯：《格式塔心理學原理》（北京：北京大學出版社，2010 年）。

14. 洪師傅、路芙：《靈異檔案》（香港：點子出版，2018 年）。

15. 香港討論區：《香討鬼故》（香港：網匯科技，2016 年）。

16. 陳海藍：《熱鬧的塱濠商場》（香港：點子出版，2018 年）。

17. 中文老師：《入夜後不要單獨留在學校》（香港：宇宙出版社，2018 年）。

18. 施志明、潘啟聰：《香港都市傳說全攻略》（香港：中華書局，2019 年）。

19. 施志明、潘啟聰：《鬼王廚房》（香港：中華書局，2020 年）。

20. 有心無默：《西營盤》（香港：點子出版，2016 年）。

21. 有心無默：《絕望走廊》（香港：點子出版，2018 年）。

22. 尹天仇：《排在龍尾別回頭 令人顫慄的都市奇談》（香港：文化會社有限公司，2018 年）。

23. 王鵬等著：《經驗的完形：格式塔心理學》（濟南：山東教育出版社，2009 年）。

24. 袁行霈：《中國文學史·第四卷》第二版（北京：高等教育出版社，2010 年）。

中文論文

1. 金官布（2006）〈魏晉六朝鬼話對後世文學的影響〉《青海師範大學民族師範學院學報》2006 年第 02 期，頁 15-17。

2. 金官布（2007）〈魏晉六朝鬼話與小説觀念的轉變〉《青海師範大學民族師範學院學報》第 01 期，頁 32-35。

3. 舒威鈴（2008）〈「驚悚懸疑」背後的現代心理追求——探析網絡小説《鬼吹燈》的內在意蘊〉，《現代語文・中國現當代文學研究》第 4 期，頁 59。

英文書籍

1. Bandura, A. (1986) *Social Foundation of Thought and Action: A Social Cognitive Theory*. U.S.: Prentice-Hall.

2. Carroll, N. (1990) *The Philosophy of Horror*, Great Britain: Routledge.

英文論文

1. Bosco, J. (2003) The supernatural in Hong Kong young people's ghost stories, *Anthropological Forum* 13.2 (2003), pp.141-147.

2. Bosco, J. (2007) Young People's Ghost Stories in Hong Kong, *Journal of Popular Culture*, 40.5, pp.785-807.

3. Cohen, J. (2006) Audience identification with media characters, in Bryant J. & Vorderer P., *Psychology of Entertainment*, eds, Mahwah, NJ: Lawrence Erlbaum Associates, pp.183—198.

4. Ellis, B. (2004) *Lucifer Ascending: The Occult in Folklore and Popular Culture*. Lexington: The University Press of Kentucky.

5. Hovland, C., & Hunt, J. Mcv. (1951). Changes in attitude through communication. *The Journal of Abnormal and Social Psychology*, 46.3, pp.424-437.

6. Hovland, C., & Russel, Roger W. (1959). Reconciling conflicting results derived from experimental and survey studies of attitude change. *American Psychologist*, 14.1, pp.8-17.

7. Hovland, C., & Weiss, W. (1951). The Influence of Source Credibility on Communication Effectiveness. *The Public Opinion Quarterly*, 15.4, pp.635-650.

8. Hovland, C., Mandell, W., & Hunt, J. Mcv. (1952). An experimental comparison of conclusion-drawing by the communicator and by the audience. *The Journal of Abnormal and Social Psychology*, 47.3, p.588.

其他

1. Colman, Andrew M. "Zeigarnik Effect." In *A Dictionary of Psychology*. Oxford University Press, 2008. http://www.oxfordreference.com/view/10.1093/acref/9780199534067.001.0001/acref-9780199534067-e-9001 （2018.12.20 網上）。

完全鬼故事寫作指南

講鬼故，其實唔難

潘啟聰 著

責任編輯：柯穎霖

裝幀設計、插畫：oiman

排版：陳美連

印務：劉漢舉

出版

非凡出版

香港北角英皇道499號北角工業大廈1樓B

電話：(852) 2137 2338

傳真：(852) 2713 8202

電子郵件：info@chunghwabook.com.hk

網址：http://www.chunghwabook.com.hk

發行

香港聯合書刊物流有限公司

香港新界荃灣德士古道220-248號荃灣工業中心16樓

電話：(852) 2150 2100

傳真：(852) 2407 3062

電子郵件：info@suplogistics.com.hk

印刷

美雅印刷製本有限公司

香港觀塘榮業街六號海濱工業大廈四樓A室

版次

2021年7月初版

©2021非凡出版

規格

16開（ 210mm x 148mm ）

ISBN

978-988-8759-34-7